追梦之路
潮涌珠江向大海

云山不改,珠水长流

广州环境治理纪实

节延华 著

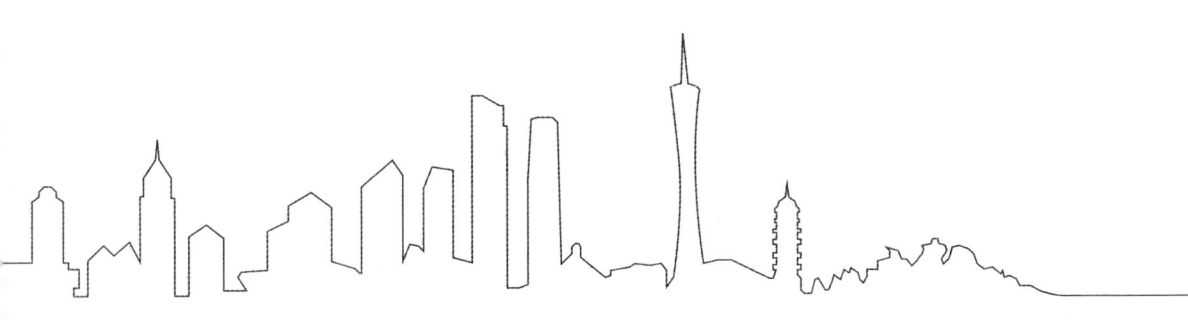

SPM 南方传媒 花城出版社
中国·广州

图书在版编目（CIP）数据

云山不改，珠水长流：广州环境治理纪实 / 节延华著． -- 广州：花城出版社，2021.11（2022.11重印）
（追梦之路：潮涌珠江向大海）
ISBN 978-7-5360-9481-9

Ⅰ．①云… Ⅱ．①节… Ⅲ．①报告文学－中国－当代 Ⅳ．①I25

中国版本图书馆CIP数据核字(2021)第181164号

出 版 人：张　懿
策划编辑：张　懿　陈宾杰
项目统筹：陈诗泳
责任编辑：钟毓斐
技术编辑：凌春梅
封面设计：荆棘设计

书　　名	云山不改，珠水长流：广州环境治理纪实 YUNSHANBUGAI ZHUSHUICHANGLIU GUANGZHOU HUANJING ZHILI JISHI	
出版发行	花城出版社 （广州市环市东路水荫路 11 号）	
经　　销	全国新华书店	
印　　刷	深圳市福圣印刷有限公司 （深圳市龙华区龙华街道龙苑大道联华工业区）	
开　　本	787 毫米 ×1092 毫米　16 开	
印　　张	16.75　2 插页	
字　　数	177,000 字	
版　　次	2021 年 11 月第 1 版　2022 年 11 月第 2 次印刷	
定　　价	60.00 元	

如发现印装质量问题，请直接与印刷厂联系调换。
购书热线：020-37604658　37602954
花城出版社网站：http：//www.fcph.com.cn

追梦之路
潮涌珠江向大海

本书编委会

编委会主任：徐咏虹
编委会副主任：胡训军
编委会成员：（按姓氏笔画排序）

马增钢　皮　健　刘　鉴　何　龙　何　杨　陈　思
陈霜叶　周洪平　柏　啸　喻细明　程晋彪

总序

在百姓生活中感受自信

中共中央总书记习近平在庆祝中国共产党成立100周年大会上庄严宣告:"经过全党全国各族人民持续奋斗,我们实现了第一个百年奋斗目标,在中华大地上全面建成了小康社会,历史性地解决了绝对贫困问题,正在意气风发向着全面建成社会主义现代化强国的第二个百年奋斗目标迈进。"

当今世界正处在百年未有之大变局。伫立云山珠水,面向浩瀚的海洋,在实现全面小康社会迈步向建设现代化国家征程的大道上,探寻其奋斗与梦想的实践逻辑和文学逻辑,是一件很有意义的事情。报告文学是一个很好的表达方式。

文学作品是一种价值创造。一个社会的发展，往往充满了曲折、坎坷、苦难，坚定就成为一种重要的力量。当面对黑暗，寻找那一缕星光，梦想就成为一种重要的力量。任何一种文明的发展，肯定会出现这样或那样的问题，任何问题都有其多面性，但向上的力量永远是其主要价值。这也是文学作品的一个价值取向和重要功能。一切的形式都要服务于作品的内容，好的形式深化了好的内容，这就是价值创造。有价值就有灵魂，有灵魂的东西能让人走远，能让人看到希望。

文学作品的含金量就是这个时代的含金量。当面对纷繁复杂的世界，聆听时代的声音，揭示社会本质，寻找发展规律，让人看到内心的光芒，让温暖成为一种强大的力量。文学是追寻大道的脚步，是人类文明的音符。

文学作品能看见未来。上接"天气"，下接"地气"，是人与自然的邀约。从出发的地方看初心，从改革开放的大潮中看远方，写的是现在，看到的是明天，走过一道道坎坷，遇见的是美好，成就的是未来。

文学有根才能见到魂。苦难从这里开始，辉煌从这里起步。在这里，感受广州，读懂中国。风云激荡后留下的满天霞光，都将成为人类所仰望的美景。

广州是中国民主革命的策源地，具有红色文化的独特气质。中国民主革命的思想建设、组织建设、人才建设、武装力量建设、农民运动、工人运动、青年运动、妇女运动、武装起义和发生在近代史上的一系列重大事件，很多是在广州发生发展的。广州，对中国革命产生了深远的影响。

广州是中国改革开放先行地，具有开放、创新的独特气质。"敢为天下先""杀出一条血路"的勇气与担当成为这座城市又一独特的精神标志。市场经济的发展，吸引成千上万的人南下务工。"东西南北中，发财到广东。"从产权确认、价格闯关、商品流通到全面开放，从个体到民营、合资、独资，各种不同类型的企业在这里创业、融合、激荡、成长。在短短四十年的时间里，广州就成为世界制造中心，走完资本主义国家几百年才能走完的路。从计划经济、商品经济、社会主义市场经济到十九大报告进一步明确，市场在资源配置中起决定性作用，广州更好地发挥了政府的作用，形成改革开放建立市场经济的基础理论架构，创建一种前所未有的、科学的经济结构和运行体制，运用中国理论、中国方案、中国实践解锁了一个时代的禁锢。广州，为中国特色社会主义制度的形成与成熟提供了生动的实践，为推动深化全国改革开放提供了重要经验，见证了国家整个工业化发展的进程，成为人类发展史上的奇迹，对中国和世界都产生了深远的影响，成为中国特色社会主义改革开放的重要窗口。

广州是粤港澳大湾区文化中心城市，具有多元文化的独特气质。"粤港澳大湾区"不仅是一个地理概念、经济概念，同时也是一个文化概念。香港、澳门与珠三角文化同源、人缘相亲、民俗相近。鸦片战争以来，大湾区人民一起历经苦难，一起斗争，一起流血，一起奋斗，共同成长，在国家民族争取独立解放的过程中，做出了不可磨灭的贡献。特别是改革开放以来，共同创造、共同发展、共同富裕，岭南文化在不断吸收国际文化元素中碰撞、融合、创新，焕发出新的无限的魅力。创造性转化、创新性发展，逐步形成了大湾区人民的国家认同、民族认同、文化认同等多元文化特质。

一个时代有一个时代的主题。建党百年全面建成小康社会，这是人类文明发展史上的大事件。十四亿人口摆脱绝对贫困，成为世界第二大经济体，完备的工业体系、强劲的科研态势，成为人类发展的奇迹。这次蔓延全球的新冠肺炎疫情给人类带来了灾难，也引发了思考。哪种制度机制更有效,哪里的人民生命财产更安全,哪里的幸福更多、更长久,在老百姓的生活里都能得到答案。没有对比的生活,很难让人找到坐标。眼前没有硝烟,觉得和平很平常;没有饥饿,感到温饱很平常;没有灾难,感到团聚很平常。几十年的和平、几十年的发展,让人们心里淡化了危机。小康社会是党的功劳,也是人民的功劳,在分享这份荣光的同时,人民感受到的是小康生活背后的制度优势。数字化、全球化、市场化是我们这个时代的必然生态,社会主义制度的体制机制是引领时代的内在逻辑和根本主题。

一个崛起有一个崛起的密码。追求梦想,实现全面小康,我们为什么能成功?是什么基因?有什么密码?奔跑的每一个人都清楚,从出发到现在的成就,都超出了自己的想象。从一个文盲大国到一个人才大国,从一个农业大国到一个制造大国,从一个贫穷大国到一个经济大国,从一个制造大国到一个科技大国,短短几十年,中国让世界震撼。在回顾历史,感受辉煌中,我们很容易找到"四个自信"的理由和逻辑。我们走过的路、做成的事,没有哪一件是容易的,但中国人做成了,广州人是先行者。中国的发展用西方理论解释不通,中国自己也没有教科书,是摸着石头过河蹚过来的。中国特色社会主义有两个让人们看得到的逻辑:一个现实逻辑就是每一次大的改革、大的阵痛之后,人们都能过上更好的日子;一个理论逻辑是只要以人民为中心,一切的矛盾都可以化解,一切的敌人都可以战胜。这是共产党人成功的密码。

一个生态有一个生态的滋养。全数字化时代,有什么样的需求就有什么样的传播,有什么样的传播就会形成什么样的舆论。生态的核心是受众。全数字化时代的全球化,人们的视野是世界的,但不一定看得清;人们的信息是海量的,但不一定都有用;人们的工作和生活离不开物质享受，但其品质需要精神追求。人们在浮躁后的冷静中，对精神文化产品的需求会有一个很大的提升。用读者喜欢的方式做传播，用读者成长所需的内容做连接，用读者正向需求做引导才会有一个好生态。生态的动脉是时代。社会转换中的矛盾点、人们精神需求的提升点、产品呈现方式的吸引点，就是时代的脚步声。生态的感动是故事。故事是焦点性、支点性的，具有创新性和深刻性。读者在故事中感动，在故事中思索，用一种舒服的方式聊天，和心中的迷惑和解，让内心光明，充满力量，在寻找故事的本真中发现更好的自己。

站在世界看广州，站在广州看未来。"追梦之路：潮涌珠江向大海"丛书，讲述的故事鲜活、深刻、有力量。我国全面建成小康社会，让我们有了足够的自信和底气，昂首阔步迈向社会主义现代化国家新征程。只有经历风雨，走过坎坷，才能遇见美好，看见未来。

题记：
　　绿水青山，就是金山银山。

目 录

引　子　广州印象　001

上　篇　梦圆云山　009

一　大气治污，再现"广州蓝"　012
　　消除烟尘　013
　　机动车排放污染防治　024
　　餐饮服务业污染防治　030
　　为了"天更蓝"　035

二　噪声防治，把宁静还给都市　043
　　"宁静工程"　046
　　"禁摩"与"禁炮"　049
　　强化噪声污染执法　051

三　固体废物防治，为了水更清　055
　　工业固体废物污染防治　055
　　探索防治规划之路　059
　　"水更清"工程　063

四 土壤污染防治 066
- 危险废物、医疗废物污染防治 066
- 辐射污染防治 071
- 补齐土壤污染防治立法短板 078

五 绿水青山的守护者 087
- 一线环保人 087
- 环保执法在路上 094
- 功夫不负，"创模"成功 098
- 公众参与的身影 102
- 广州各区环保战线 109

下篇 情系珠水 135

一 珠水波涛阅古今 140
- 初识珠江 140
- 珠江的历史与传说 145
- 近代珠江新潮涌动 149

二 东西南北中，发财到广东 157

三 231条珠链成了231条黑龙 166
- 污染的魔咒 166
- 清流变黑龙 169

四 治水先治人 182
- 打好治水第一仗 182

重获新生的石井河　188
　　各区治水的难点与亮点　192

五　一湾春水绿，两岸荔枝红　204
　　白云新碧　206
　　天河、从化治污成果初显　213
　　黄埔、海珠、番禺治水也兴水　217
　　荔湾、花都整治涉水违建　225
　　南沙河面河岸两手抓　229
　　碧道在延伸　236

后　记　247

引子　广州印象

毋庸讳言，我这个来自中原的农家子弟，和相距千里之遥的被称为祖国南大门的广州有缘。

1966年10月，我和同学第一次去广州，当时我们已经读到高中二年级了，对中国近现代史当然不陌生，广州在我们心目中，有很高的位置。近百年来，中国发生的多少大事都与广州有关！先说远的。1840年第一次鸦片战争开始，英国军舰从珠江口蹿到广州，用大炮轰开了广州的大门，从此中国进入了半殖民地半封建的黑暗时代。在英国入侵广州期间，三元里人民奋起抗英的事迹，我们在初中课本里就读到过。说那些有点太远了，再说近一些的。20世纪之初，发生在广州的大事更是层出不穷：从黄花岗起义"七十二烈士"，到孙中山提出的"联俄，联共，扶助农工"的三大政策；从国民党创办却有很多共产党人参加的黄埔军校，到由毛泽东主办的农民运动讲习所；从国共合作举行声势浩大的北伐，到国共分裂后共产党组织的建军三大武装起义中的广州起义，哪一件在中国近现代史上不是惊天动地的大事！还有，著名作家欧阳山的小说《三家巷》中所描写的省港大罢工和沙基惨案；还有，著名散文大家秦牧的散文《花市》；还有，以《步步高》《雨打芭蕉》等为代表的广东音乐；还有，标志着中国开始迈向世界的中国进出口商品交易会……

所以，在一个17岁少年的心中，广州与北京、上海一样，不能不令人神往！

如果是50年后的今天，从郑州坐高铁到广州，也就8个小时。可50年前，火车本来就很慢，加上铁路运输十分混乱，根本没有时间表，走走停停，从郑州到广州，火车竟开了四天四夜。而且车上没有座位，给一双脚找个地方放都困难，我只好爬到行李架上。再后来连行李架也没有空了，我就干脆躺到了座位下面。什么吃饭、喝水，无疑都成了奢望。至于上厕所，去一次简直就是一场"爬雪山过草地"式的行动。四天后，我终于站到了广州火车站站台上，双腿肿得无法站稳。

沿着历史的足迹，我们走遍了广州的大街小巷，马不停蹄地去寻觅百年沧桑留下的每一个故事，生怕遗漏了任何一个场景、任何一个细节。我们的精神时刻都处于亢奋之中，脑海里装满了广州百年以来发生的大事，笔记本上也写满了参观学习的心得与体会。

时间过得很快，1966年12月5日，我们依依不舍地登上了北上的火车。分别时，白云山下绿树成荫，珠江两岸鲜花盛开，真有种依依不舍的感觉。两天后，回到豫南小城，眼前却是另一个世界：天空中雪花纷飞，学校的自来水管都冻裂了……

如此大的反差，我突然意识到，第一次去广州给我留下最深刻的印象，竟然并不是我苦苦寻找的百年历史沉淀，也不是那曾令人热血沸腾的红色记忆，因为那些都是可以在书本上找到的，而是书本上找不到的、出现在一个中原少年眼中的奇特景观：在寒冬的季节里，广州的树不会落叶。这种说法，在老家已有耳闻，只是超出了自己的见识和想象，有点不敢相信。树，冬天怎么可能不落叶呢？而现在是亲眼看见、亲身感受，容不得我不信了。

广州，白云山依城雄踞，珠江水穿城而过，在华夏大地上占据了得天独厚的自然条件，是不会因时代的变迁而变迁，也不会因岁月的变化而变化的。

然而，大自然的厚爱并不能说明一切，也更不能包揽至永远。最简单的道理就是，气候条件虽然不会因岁月而改变，地理位置也不会因季节的更替而变换，但城市的面貌和人们的生活环境，却随着时代的变化，一分一秒地在剧烈地演变着。

一个城市人口从20世纪50年代的不到100万，逐渐递增至300万、800万、1000万，甚至到了1800万；地区生产总值也由20世纪70年代的43亿元增至2020年的2.5万亿元；城区面积也由不到100平方千米，扩大到1300多平方千米，可想而知，这个城市的城市建设和面貌，发生了什么样的变化。

于是，展现在我们面前的广州，一度出现了城区烟囱林立、周边遍布工业区的风景。一排排厂房、一栋栋高楼，如雨后春笋般遍布白云山麓、珠江两岸。随之而来的是大街小巷污水四溢，发出阵阵恶臭，空气里弥漫着呛人的气味。被世代广州人引以为豪的母亲河——珠江奔流依旧，却不是在歌唱，人们听到的是她痛苦的饮泣；一向笑容灿烂的白云山顶的白云，依旧从人们眼前飘过，但此时此刻，人们看到的她，没有一丝笑意，而是满面羞惭与沮丧。

有人说，这很正常，毕竟发展和生存才是最重要的。

先发展，后治理，符合世界普遍规律。放眼天下，哪个发达国家，当年不是走的这条路？哪个发展中国家，不是还在重复着走这条路？再看中华大地，从南到北，从东到西，何处不是如此？相比之下，广州出现的环境污染问题并非最严重的。说天下乌鸦一般黑，或许并不恰当，但这在一段时期内，确是事实。

但是别忘了，广州毕竟有其先天优势；还有，广州人从来都有敢为天下先的不信邪精神。

不扯别的，就说环境污染这件事。

请看：

早在1972年5月，广州"革委会"便成立"三废"治理领导小组办公室。这是广州最早设立的环境保护专门领导机构，其时间比在斯德哥尔摩召开的首届"联合国人类环境会议"还早了一个月！

1973年10月，广州召开了第一次环境保护工作会议，成立了广州市"革委会"环境保护领导小组，之后出台了《广州市烟尘管理条例》和《广州市"三废"排放收费规定》，组织开展了"烟尘控制街"和"无烟街"的创建工作，大气环境质量不断得到改善，城市环境面貌有了很大改观。

1979年，广州制定实施了《广州市环境保护1979—1985年规划》，结合工业布局调整的思路，解决污染问题。1985年底，共撤停了249家企业。

1984年，广州以水污染防治为重点，对珠江进行了综合治理，并于1987年制定实施了《广州饮用水源污染防治条例》。

1988年，广州市把污染物排放量约占全市一半的广州氮肥厂、广州造纸厂等12家水污染大户列为水污染控制重点企业，集中资金进行综合治理。

1990年，广州全市完成废水治理项目877项，总投资1.73亿元，建成治理设施1020套，废水处理能力每年88.72万吨。

1991年，广州市环境综合整治定量考核取得了全国第二名的好成绩，并获得了1989—1991年全国城市环境综合整治"十佳城市"荣誉称号。

1995年6月，广州市制定了《广州市防治珠江广州河段水域饮食业污染管理规定》，并由广东省人大批准、广州市人大公布。该规定实施后立竿见影，取得了显著效果。在全国环保法制工作会议上，受到中央领导同志的高度赞扬。

1998年7月，广州市以开展城市环境"一年一小变，三年一中变"工作为重点，把"小变、中变"目标和实现国家"一控双达标"任务结合起来，加大城市基础设施投入。

2001年，顺利完成了国家"一控双达标"任务，实现了"小变、中变"的目标。

2006年，以创建国家环境保护模范城为目标的"创模"考核前夕，广州28项考核指标全部达到国家的要求。同年11月，广州市顺利通过了国家"创模"考核验收组的验收。

2007年2月12日,广州获得国家环境保护模范城市称号。

2008年1月15日,广州市水务局正式挂牌,打响了治水机构改革的重头炮,结束了群龙起舞、多头治水的无绪局面。有了这个"大部门",全局一盘棋,不仅改变了以往水务工作"城乡分割、职责交叉;各自为政、多头治水"的混乱,还利用自身的人才和技术优势,为各区、各单位提供了强有力的"智力支持"。

2010年,广州成功举办了"绿色亚运会",成功走出了一条经济增量、污染减量的绿色发展道路。全国人民都看在眼里,赞在心中,说好评如潮,并不是夸张。

党的十八大以来,以习近平为核心的党中央,协调推进"五位一体"总体布局。在"创新、协调、绿色、开放、共享"的发展理念指导下,2016年6月,广州市委、市政府印发了《关于深化环境监督工作的实施意见》(以下简称"《意见》")。

这一《意见》,得到了环境保护部的充分肯定,并转发至各省、市、自治区,供全国借鉴学习。

在党的十九大报告中,习近平明确提出:建设生态文明是中华民族永续发展的千年大计,要牢记树立社会主义生态文明观,必须树立和践行"绿水青山就是金山银山"的理念,像对待生命一样对待生态环境。广州各级党委和领导,带领广州人民,紧跟中央的步伐,把广州环境综合治理工作推向了一个新台阶……

广州历届地方党委、政府,在党中央的统一部署和坚强领导下,牢记初心，坚守信念，几十年如一日地努力着，奋斗着，面对重重困难，取得了城市治理逐年进步的成绩。

如今的广州，比起50多年前我第一次看到的广州，不仅保持了原有的让我心动的美丽，而且更加令人心驰神往！

2020年12月30日和31日连续两个夜晚，在广州被人们俗称"小蛮腰"的广州塔上，不间断地滚动打出了耀眼的字幕：

广州空气质量全面达标！

这是一个值得所有广州人永远牢记的日子！

我不由得想起几年前，一位多年不见的战友来广州参加"广交会"。因为他在内地一个省的外贸公司当老总，前些年由于工作关系跑遍了世界各地，而我恰恰相反，由于一直在部队，从没有出过国。为尽地主之谊，当天下午，我先是陪他爬了白云山，晚饭赶到靠近大沙头的一个宾馆，请他小酌了一下。饭后我就近带他去"珠江夜游"。当我们从豪华游船上下来以后，他的一番话，完全出乎我的预料。

他说："白天饱览了白云山上的绿树白云，晚上又领略到这一江碧水、两岸灯火，我不得不对你说，以后不要再为没有出过国而有什么遗憾了。若只是讲观赏风光，世界上任何一座山、任何一条河，和广州的白云山、珠江比起来——"说到这里，他停顿了一下，说，"也不过如此而已！"

最后他又补充说："英国的泰晤士河，如此。法国的塞纳河，也如此！德国的莱茵河，更是如此！"

这，或许，也是我对广州的美好印象！

|上 篇|

梦圆云山

白云山，广州市区内最显著的地理标志之一。

白云山，自古就有"羊城第一秀"之称。

白云山面积约28平方千米，主峰摩星岭海拔382米。由于优良的气候条件，加上新中国成立以后，在广州地方党和政府的关心下、在广大人民群众的积极参与和精心呵护下，白云山的绿化面积一直在95%以上，有约28平方千米，每天可吸收2800吨二氧化碳，放出2100吨新鲜的氧气。

由此，白云山被人们亲切地称为"广州的肺"。

岁月如梭，斗转星移。

当广州城区面积，由20世纪70年代的不到100平方千米，扩大到如今的1300多平方千米的时候，我常常会想到白云山山上那层层叠叠的翠竹和排排挺着腰杆的青松……

当广州常住人口，由20世纪五六十年代的不到500万，增至2020年的1800万的时候，我也会常常想到白云山夏日山间那带着凉意的徐徐清风……

当广州的地区生产总值，从20世纪70年代的40亿元，到今天的突破2万亿元，增长了500多倍的时候，我又会常常想到白云山山顶上空悠闲飘荡的朵朵白云和朵朵白云露出的灿烂笑容……

当广州市机动车辆，从20世纪80年代的不到3万辆，增至2020年的280多万辆的时候，我又想到了白云山山间奔流不息的小溪发出的叮咚……

当广州作为23个省会城市之一，现如今已成为与北京、上海并列，被人们称为"北上广"一线城市的时候，我更会想到从白云山深处传来的那不绝于耳的布谷声声……

白云山，是广州人眼前的一幅画，一幅永远不会褪色的画；白云山，是广州人耳边的一首歌，一首百听不厌的情歌；白云山，是广州人心中的一个梦，一个充满希望与神奇的梦……

一　大气治污，再现"广州蓝"

说到环境污染，人们首先想到的就是空气。

因为，人们只要活着，呼吸是第一位的。人若停止了呼吸，就标志着一个生命的结束。

是谁污染了我们呼吸的空气？

提起大都市，人们首先想到的必然是成片的工厂和高耸林立的烟囱。

每当看到那一座座指向天空不停冒着浓烟的烟囱，谁的心不会颤抖？当那团团浓烟弥漫开来，污染的不仅是蓝天，更是人们的健康和心灵。

20世纪70年代之前，广州市工业布局很不合理，大部分企业是在旧的基础上发展起来的。当时广州有800多台工业锅炉、700多条餐饮服务业的炉灶烟囱，加上50万个家庭煤炉，广州城区的大气污染一天比一天严重。市中心内降尘飘尘、氮氧化物及二氧化硫等污染物浓度均超过国家标准，酸雨现象时有发生。

为了把星河还给夜空，把白云还给蓝天，广州市坚持"一张蓝图"干到底，以监测数据为基础，以科学研究为依据，明确阶段目标，突出工作重点，分步开展大气污染综合防治工作。

2004年至2012年，广州市以创建国家环保模范城市和亚运环境空气质量保障为突破口，扭转空气质量恶化趋势；以总量减排为抓手，重点抓二氧化硫等一次污染物的减排。

2013年至2017年，广州市抓住实施国家新环境空气质量标准关键节点，以实现空气质量达标为目标，实施精细化管理；以细颗粒物（$PM_{2.5}$）治理为重点，兼顾一次污染物减排和二次污染物防治。

2018年至2020年底，广州市贯彻落实《打赢蓝天保卫战三年行动计划》重大部署，以"十三五"约束性指标为主要目标；夯实$PM_{2.5}$治理成效，重点推进$PM_{2.5}$、二氧化氮、臭氧协同治理。

2021年至今，广州市聚焦"减污降碳"总要求，落实"精准治污、科学治污、依法治污"总方针，加强$PM_{2.5}$和臭氧协同控制，深入打好大气污染防治攻坚战，提升大气环境治理体系和治理能力现代化水平。

消除烟尘

要追溯广州的环境污染，话就长了。

为拓展城区，发展交通、工业和商业，1918年到1922年，广州拆完老的城墙后，大片兴建商店民居，手工业在西关整片形成，制胶、电缆和提炼煤油等新兴工业也在市区发展。20世纪30年代初，西村工业区已初具规模，建成了水泥厂（士敏土厂）、硫酸厂、饮料厂、电力厂等现代工业。当时的市政府和主管部门先后制定了取缔炼油厂、取缔工厂烟囱、制止汽车掺用油渣等政令和法规，但因帝国主义的不断入侵、国内战乱不断，工业污染没有得到治理和控制。

中华人民共和国成立以后，广州首先要大规模发展工业。

1949—1957年，虽然还没有明确地提出环境保护目标，但政府已经推出旧城改造、植树造林、爱国卫生运动、疏通下水道等改善居民生活的措施，治理了一批环境脏、乱、差的区域。后来，由于"大跃进"，经济建设盲目提速，又建起了一批污染型工厂、企业，废水、废气、废渣等"三废"问题和噪声污染逐渐成为突出的社会问题。

1972年5月，广州成立了"三废"治理领导小组。这个小组中，有3名工作人员，归口市政府城建办。当时，广州污染源众多，全市有896座工业锅炉，其中75%都是小锅炉，还有700多座饮食业锅炉，再加上几十万家庭生活煤炉，全以烧煤为主。这些合在一起，就构成了广州的最大污染源。

1972年6月，联合国人类环境会议在斯德哥尔摩召开，会后通过了《联合国人类环境会议宣言》，鼓舞和指导世界各国人民保护和改善人类环境。

1973年8月，全国召开第一次环境保护会议。同年9月27日至10月6日，广东省在广州市召开第一次环境保护会议（广州市第一次环境保护会议同时召开）。会后成立了广州市环境保护领导小组办公室。

1974年，广州市以"消烟除尘"为突破口，重点对工厂、炉灶、烟囱进行了烟气治理，随后单独成立了由56人组成的大气监测站。这是当时全国比较早的环境监测站，也只有北京、上海、沈阳和广州4个城市才有这样的监测站。这个"单独编制"对广州未来的环保事业起到了不可忽视的作用。

20世纪80年代，广州市监测站对广州钢铁厂进行的排污监测，是在全国影响很大的一次污染源监测。

1982年，国家环保局在全国实施国务院颁布的"排污收费"制度。向排污单位收取"排污费"，是当时环保部门一项极为重要的工作，是环保治理资金的重要来源。但很多企业认为不合理，有抗拒情绪，千方百计逃避、少交或不交，广州钢铁厂就是这种情况。当时环保办经过调查、测标，确认其排污费每年应在百万元以上，可广州钢铁厂只认同20万元。当时环境监测中心站组织全站所有人力，分成若干小组，对广州钢铁厂所有已知的废水排污口，分三班全天候24小时，按规定间隔取样监测，日夜不停连续取样监测7天，按检测结果核标，广州钢铁厂应缴的排污费每年至少200万元。

这次监测过后，广州钢铁厂不得不按市排污收费所核定的数额，缴足了排污费。

广州其他有抵触或观望情绪的企业，被这次监测所震慑，开始按市排污收费所的核定数额交排污费。广州市的排污收费上了一个台阶，国家环保局对此做法也给予了肯定。

与此同时，广州环保办公室对全市的烟囱除尘现状进行了普查摸底，结果是，全市共有各类烟囱946条，其中安装了除尘器的只有173条；而处在市中心区的锅炉烟囱有323条，仅73条安装了除尘器。

为了推进广州市的消烟除尘工作,市环保办每年组织1~2次消除烟尘大检查。广州市纺织局、广州市医药局也都组织了锅炉小分队和司炉工培训班,传授先进的锅炉燃烧操作技术,提高锅炉的热效率,减少烟尘排放;积极推动企业结合技术改造,采用先进工艺,有效地减少或消除污染。如广州电冰箱厂,引进新加坡电冰箱生产线后,采用静电粉末喷涂装置工艺,代替了表面涂漆老工艺,从根本上消除了空气污染。同时,对新上项目严格把关,1978年,广州市烟囱增至1266条,有890条烟囱采取了除尘设施,约占总数的70%;其中,中心区共有435条烟囱,有416条采取了除尘设施,占总数的95.6%。1979年,广州市城区平均降尘量为19吨/平方千米·月,二氧化硫平均浓度为90毫克/立方米,消除尘烟工作取得了明显的环境效益。

1979年后,随着改革开放广州乃至广东经济建设逐步提速,几乎是一天上一个台阶。国家在沿海地区建立起4个经济特区,广东占了其中的3个,广州在全国的影响越来越大。与此同时,广州这片热土上,人口也不可避免地开始剧增,增速甚至到了令人目瞪口呆的程度。

随着人口剧增,广州的卫生环境开始恶化,有难以遏制的势头,出现了区域性全面污染。于是,广州也便毫无悬念地成了外地人眼中的"说不清楚"的城市。

城市走到协调发展的十字路口,市环保部门成了"众矢之的"。处于改革开放前沿的广州环保办公室十分清楚自己面前的形势:城市环境欠账显现,空间布局调整滞后,某些基层单位地方保护意识很强,投资环境意识薄弱。

面对如此现状，他们采取了应对措施：依法治理、全面规划、统筹管理、分步实施。就是在法制原则下，全面规划城市的环境建设，并提出实际的明确目标，协调发展，统筹经济社会发展和综合决策，在政府财政能力内分步实施，改善城市环境质量。

要解决广州的污染问题，首先要把消除烟尘作为突破口。在推进消除烟尘工作过程中，广州市在全国率先开展消除烟尘工作制度化、法制化的探索。

1979年9月，广州颁布了《广州市消除烟尘管理条例》。根据条例，1980年6月，市环保办首次对冒黑烟超过林格曼烟色三级的塑料七厂等17个单位进行了罚款处理；同年8月，市经委和市环保办在陈李济药厂，联合召开广州市消烟除尘技术鉴定推广会，确定了"市区锅炉以推广往复炉排与除尘装置相结合为主"的消烟除尘的技术路线。从此以后，市区消烟除尘由安装除尘器阶段，转入采用机械燃烧配套除尘器阶段。到1980年末，市中心区302台锅炉中，已经进行机械燃烧和燃油等有效消除烟尘改造的就有74台，占总数的24.5%。

1981年和1976年相比，广州市工业生产总值增加了41%，而市区的灰尘自然沉降量，按每月每平方千米测算，下降了60%。粉尘污染最严重的荔湾区，按每月每平方千米测算，下降了69.5%。重点污染源广州水泥厂通过使用静电除尘设施，开展回转窑窑灰综合利用，粉尘排放减少了95%，在减少大气污染的同时，每年增产水泥5万多吨。初战告捷，广州市领导和环保部门，信心满满。

为落实《广州市防治污染规定》，进一步提高城市消烟除尘水平，1985年，广州市开始创建环境保护无黑烟区的工作。市环保办专门成立了创无黑烟区工作小组。各区政府分别与所辖街道签订创无黑烟街责任状。

创建无黑烟区工作，首先在25平方千米的市中心区展开，范围包括东山、越秀全区，荔湾区的沙面、清平、岭南、秀丽和海珠区的海幢、南华西、洪德、跃龙、宝岗等42条行政街，按照"在该区域内各类烟囱排烟浓度不超过林格曼一级，阵发性不超过二级，粉尘符合标准"的要求，进行监督。

经过近一年的努力，1985年11月，市中心区25平方千米范围内的1918条烟囱，有1661条烟囱不冒黑烟，占烟囱总数的比重从1985年初的55.45%上升到86.6%，提前一年达到国家规定的黑烟控制区的要求。经初步验收，全市共有22条行政街达到无黑烟街的标准。这是一个了不起的成绩。

为扩大无黑烟区创建成果，广州市政府要求把无黑烟区扩大到市中心50平方千米，范围包括东山区，越秀区，荔湾、海珠、天河三区的一部分，芳村区的塞坝口，黄埔区的大沙地，白云区的江高镇。此外，还有郊县的市桥、大岗、莲花山、新华、清城、荔城、新塘等城镇。按照市政府的要求，各区政府、街道办事处加强监督管理，把创建无黑烟区和建设精神文明街道相结合；各主管局、总公司也把创建无黑烟区和企业整顿、创建文明工厂相结合。到1985年底，在无黑烟街内的1804条烟囱中，不冒黑烟的烟囱1737条，占96.3%，冒烟不稳定的仅占2%，仍在冒黑烟的有2%左右。市中心无黑烟范围扩大至45平方千米。

1986年5月,广州市中心老四区的越秀、东山、荔湾、海珠分别举行无黑烟街的验收工作。6月5日,在广东省和广州市召开的纪念世界环境日大会上,老四区共有31条无黑烟街被命名,其中越秀区12条、东山区9条、荔湾区5条、海珠区5条。1987年11月,广州市中心区建成60条无黑烟街,无黑烟区面积达58.41平方千米。随后,已建成的无黑烟街在巩固提高的基础上,更名为烟尘控制街。

1988年,广州市区进一步扩大创建烟尘控制街范围,新建成了8条烟尘控制街。广州市累计有79条行政街、1个镇,建成烟尘控制区,范围面积达到87平方千米。

从1989年开始,广州市把烟尘控制区创建以环保目标责任制的形式下达到各区、街及相关单位,并定期进行考核,创建力度得到了加强。1992年,广州市累计建成了89条烟尘控制街。同年,广州市荣获全国城市环境综合治理"十佳城市"称号。

1994年,烟尘控制街经复查、巩固又有新发展,广州市烟尘控制区面积达203.34平方千米,覆盖率达到98.41%。

1995年10月,根据中共广东省委、广东省人民政府批准的《广州市党政机构改革方案》,政府机构改革确定市环保局独立建制。原广州市人民政府环境保护办公室更名为广州市环境保护局,列入政府序列,是依法行使环境保护、统一监督管理权的环境保护主管机关。这一举措,有力地推动了广州环境保护工作。

1996年,广州市继续推动并加强对烟尘控制区的巩固和创建工作,烟尘控制区面积达到259.05平方千米，覆盖率100%。至此，广州市烟尘控制区创建工作基本完成。

广州市对烟尘的治理仍未停下脚步。2013年以来，广州市在燃煤削减及工业锅炉整治方面取得明显成效。规模以上工业煤炭消费总量从2013年的1967万吨下降至2020年的1101万吨，减少866万吨，2019年提前1年完成广东省下达2018—2020年的199万吨任务。

广州市多措并举，扎实推进"减煤"工作。一是推进高污染锅炉淘汰。将全市行政区划定为高污染燃料禁燃区，广州市燃煤锅炉由"十二五"初的1300余台下降至仅剩29台，且全部实现超低排放，全面完成高污染燃料锅炉整治任务。二是关停服役期满和落后煤电机组。2018—2020年关停广州发电厂等9台燃煤机组，装机容量990兆瓦，削减燃煤量264.8万吨/年，减排二氧化硫769.2吨/年，氮氧化物939.8吨/年，烟尘61.8吨/年。三是推进燃煤电厂节能改造、减煤替代和集中供热改造。完成珠江电厂等6个电厂燃煤发电机组节能优化改造，包括燃煤耦合污泥掺烧发电、天然气热电联产、扩大集中供热范围等优化措施。四是调配燃煤机组发电小时数、压减非电煤企业煤炭消费。合理调配各燃煤电厂发电小时数，进一步控制煤电机组煤炭消费。下达减煤任务，督查企业实施错峰减煤。

树有根，水有源。

还是从20世纪70年代初说起。

当时，在广州员村工业区内有广州绢麻厂、广州化工厂、广州氮肥厂等污染大户。为解决员村地区的大气工业污染问题，广州市环保办联合各工业局和城市建设、卫生等部门，组织力量蹲点调查，进行区域规划治理。经过几年努力，该地区累计完成了50多个治理项目，从20多家工厂的"三废"中回收了20多种产品，每年产量达5000多吨，企业排放的94%的废气、60%的废渣，得到利用和治理，有效地改善了该区域环境污染问题。

在西村地区，市环保办联合电力部门，挖掘广州发电厂减排潜力，推广实行热电并供工程。仅第一期工程，就取消邻近区域9台锅炉，有效降低了西村地区的大气污染。从1973年至1981年，广州市的"三废"综合利用产品产值，共1350多万元。一批工矿企业结合技术改造，降低能源消耗，取得了环境保护与经济效益的双赢。这一结果，让很多战斗在环保一线的人，看在眼里，喜在心中。

1983年，市环保办把20个治理进度缓慢的老工业企业污染项目列入"限期治理"目标，开全国对污染治理企业实施"限期治理"的先河。市环保办通过同工业部门会商、召开厂长会议等形式，逐项落实，积极推动企业在任务下达完成期限内完成治理。

经部门联动和厂企共同努力，20个限期治理项目当年完成率达71.5%。其中风雷化工厂的电石炉除尘装置，工程难度大，技术要求高，在限期治理的要求和群众的监督下，加快了基建进程，建成每小时处理烟气4.2万～5.6万立方米的处理装置，使烟气含量从原来的每立方米4200毫克下降到204毫克，收尘率达94%。仅此一项，每年就可收尘1000吨。

"七五"期间，广州市共完成治理项目2000多项，对300个重点污染源，实行了限期治理，结合技术改造防治大气污染，取得了发展生产和减轻大气污染的双重效果。啤酒、纺织、喷涂等行业展现出了全行业环境面貌改观的新局面。

"八五"期间，建成区的烟尘控制区覆盖面积达256.2平方千米，覆盖率98.92%；完成老污染源治理项目1046个，其中工业废气处理能力每小时增加359.94万标立方米，工业废气处理率提高到86.41%；在全市工业产值增长3.27倍的同时，搬迁52个严重污染的企业；加强对新、扩、改等建设项目的环境管理，严格把关，控制新污染源。5年间，处理废气能力达每小时2023万标立方米。

2004年，广州市启动水泥厂的整体搬迁工作，到2005年共投资10亿元，完成对水泥厂的环境搬迁任务。环保改造升级和搬迁后的新厂污染物的排放，仅仅相当于欧盟标准的二分之一，从根本上解决了曾长期殃及附近30万居民的粉尘污染问题。

2005年，根据市委、市政府的统一部署，实行"退二进三"的产业调整，广州市对内环路以内及附近的污染严重、能耗大、效益差的工业企业有重点、分层次、分区域、分时段进行搬迁、改造或关闭停产。其中广重集团的9家重点工业企业，成为首批"退二进三"的搬迁企业。

根据市政府制定的"广州市实施'退二进三'整体规划行动计划表"，有400余家企业纳入搬迁计划。其中涉及大气污染重点企业65家，首批9家重点工业企业，包括广州市人民化工厂、广重企业集团有限公司、广州（恒丰）染整厂有限公司、广州第十一橡胶厂、广州市橡胶一厂、广州气体厂、广州卷烟二厂、广州鹰金钱企业集团公司和广州昊天化学（集团）有限公司。

为有序开展"退二进三"，防止因搬迁带来的二次污染问题，2007年，广州开始进行"退二进三"产业基地的前期规划工作。规划面积约40平方千米，包括增城石滩镇工业产业集聚基地、从化经济技术开发区、花都区纺织工业园、花都区橡胶工业园、南沙重型机械装备制造基地、广州石化产业基地、番禺区创新科技园、危化品搬迁区等园区或产业基地。

"十一五"期间，由于城市的发展和行业的结构调整，广州"退二进三"企业名单经历了多次调整。如2001年广州北部又新增了"退二进三"扩大区域的17家企业的名单。企业搬迁限期三批，分别为2009年底、2012年底、2015年底的规定没有变化，重点引导列入"退二进三"实施范围的200多家环保类企业和危险化学品类企业有序退出市区。广州市第一批共92家"退二进三"企业，到2009年有80家完成了整体搬迁工作，每年降低二氧化硫排放量6883吨。第二批82家、第三批32家完成了"退二"以后，可每年再降低二氧化硫排放量8173吨。到2015年底，约有300家企业完成了"退二进三"搬迁计划。

2013—2019年，广州市在经济社会快速发展的情况下，主要污染物排放总量及各项大气污染物浓度持续下降。在这6年间，广州市生产总值从1.54万亿元增长至2.36万亿元，增幅53.2%；城市常住人口从1292.7万人增长至1530.6万人，增幅18.4%；建成区面积从1023.6平方公里扩大至1324.2平方公里，增幅29.4%；用电量从710.7亿千瓦·时增长至1005.6亿千瓦·时，增幅

41.5%；能源消耗总量从5333.6万吨标准煤增加至6294.2万吨标准煤，增幅18.0%。与此同时，煤炭及污染物总量不断削减，工业源二氧化硫排放量从2013年的6.33万吨下降至2019年的0.39万吨，降幅93.8%；工业源氮氧化物排放量从5.31万吨下降至1.60万吨，降幅69.9%；燃煤消耗量从2013年的1967.04万吨下降至2020年的1100.77万吨，降幅44.0%。

机动车排放污染防治

没有人会怀疑，机动车排放污染防治是广州市环保工作中一项颇具地方特色的工作。

20世纪90年代初，在经济快速发展、城市急剧扩张、机动车保有量迅猛增加的情况下，广州市的大气污染已由煤烟型污染为主，发展成煤烟型污染与机动车排放污染并重的复合型污染，城区机动车排放污染突出，在交通枢纽区，氮氧化物呈上升趋势，机动车排放污染已成为大气污染的"元凶"。

从1980年到1997年，在短短的17年里，广州市的机动车保有量由3万辆飙升到100多万辆，跨入了百万辆机动车行列。1997年以后，更是以几何级数增长。

作为华南地区最大的中心城市，广州市结合大气防治工作的实际需要，进一步提出了具体要求：每小时20蒸吨以下和2004年前后启用的每小时20蒸吨以上的高污染燃料锅炉，应全部淘汰或改用清洁能源，建设高效能脱硫脱硝除尘设施，安装燃气排放在线连续监测仪，并与环保部门联网或改用清洁能源。

1997年10月1日起，全市所有加油站不得再购进含铅汽油；11月广州市在公交车与出租车中试验推广使用液化石油气。

禁止使用含铅汽油后，广州市机动车排气合格率，由原来的67%上升到79%，促进了城区大气环境的改善。主要交通道路两旁环境空气的铅浓度，平均降幅61%。

2013年，结合划定高污染燃料禁燃区工作，广州开展创建无燃煤区工作，组织各区、县级市开展高污染燃料禁燃区划定工作，各区划定了高污染燃料禁燃区并出台了相关政府公告。2014年，广州市印发实施《广州市燃煤电厂"超洁净排放"改进工作方案》，全面助力无燃煤区建设。

据测算，无燃煤区建设大约可减少煤炭消耗量300万吨，减少二氧化硫排放量1.5万吨，减少氮氧化物排放量2.3万吨，减少烟尘排放量0.05万吨。

进入21世纪，广州市机动车数量继续呈快速增长趋势，保有量从2001年的144万辆增加到2009年8月的196万辆，机动车排放污染已经成为影响广州环境空气质量的主要因素之一，机动车排放污染物，在广州市大气污染的分担率达到46%左右，在市中心区的分担率更高达70%。

2003年，广州社情民意研究中心一项关于"环境状况居民满意度"的城市调查显示：广州市民普遍认为，对身体健康构成最大威胁的污染源，是汽车尾气。仅占全市机动车总数11.5%的公交车所排放的污染，却占机动车排放污染量的50%。掐断公交车的"黑尾巴"，已经成为广州市治理机动车尾气污染一件刻不容缓的事情。

2003年7月，广州正式提出"3年内将市内的出租车、公交车使用的能源，改用清洁能源"的目标；次年，液化石油气公交车工程，列入"创模"项目，通过以全面推进公交、出租车使用清洁能源液化石油气为核心的绿色公交工程。政府部门和公交、出租车企业携手推进使用清洁能源液化石油气，公交尾气治理工作取得明显效果。

2006年，广州有6042台液化石油气公交车，12069台液化石油气出租车，建成液化石油气车用气站23座。当年，广州市液化石油气单燃料公交车不仅数量上世界最多，其使用水平、车容、车质和车况也是世界先进，全国领先。液化石油气公交车污染物的排放状况总体上优于北京地方标准：一氧化碳的排放量接近于零；碳氢化合物的排放量在高怠速时仅有北京的三分之一，在低怠速时也仅有北京标准的40%。

为全面开展对营运车辆尾气的排放治理，2005年3月，广州组织开展了大规模的营运车辆尾气排放状况摸查。共抽查276家运输企业、22400多台营运车辆，结果表明，全市公交、出租和客运车辆尾气排放，合格率都在80%以上，而货运车辆排放合格率仅为50%。尤其是货运企业存在"多、小、散、弱"的现状，对治理工作形成较大的难题。在摸查工作的基础上，广州市建立营运车辆尾气排放三级监管体系。要求运输企业、站场，配齐尾气检测设备，建立车辆尾气台账制度，严格执行超标车辆停运治理。交通管理部门，严把新增、更新车辆的环保准入关，从源头上加强管理。同时，开展营运车辆尾气排放联合执法，加强对排放超标车辆的查处。经过一年的治理，

2006年，全市建成15家客运站场、30家货运站场和近2000家运输企业参与的客货运站场，形成尾气检测治理联动机制，全市12万辆运营车辆纳入尾气排放三级监管体系。同时，市交通管理部门加大对客、货运黑站点的打击力度，防止排放超标车辆躲进黑站点逃避治理整顿。2006年底，全市各站场基本消灭了营运客运车辆尾气排放超标的现象。2007年，根据修订的《广州市机动车排气污染防治规定》，市环保局制定公布了新的《广州市机动车排气污染防治工作方案》，进一步强化在用车污染控制和管理措施，继续大力推进公交车使用清洁能源工作，加强机动车污染监管执法工作，拓展机动车污染群众监督和社会舆论监督工作，开展客、货运车辆，用车大户车辆污染专项整治工作，使用车污染情况得到了改善。

根据交管部门的统计资料显示，1978年，广州市区登记在册的摩托车只有不到4000台，车主大多是从东南亚国家回国的华侨，到1982年也只有不到9000台。随着珠江电影制片厂拍摄的《雅马哈鱼档》的播放，广州的摩托车数量开始进入快速上升时期。1988年，广州市摩托车上牌数量首次突破10万辆，到1997年达到历史最高峰，超过40万辆。摩托车成了广州老百姓出行第二选择的交通工具。1998年3月，广州摩托车拥有量已经达到50万辆。

不可否认，摩托车给市民带来了出行的方便，但也给市区的交通安全、社会治安，特别是环境污染带来大量的问题。

我们都是从那个年代走过来的人，对那时广州的摩托车，可以说是心有余悸，甚至是深恶痛绝。当然，这样的认识，主要是从交通安全和治安方面得出的。

在广州的大街小巷，成群结队的摩托车，横行乱窜，让你随时都捏着一把汗，甚至是提心吊胆。特别是看到路上行走的老人和孩子，更是为他们的安全担心。

曾几何时，广州的"飞车党"让人谈虎色变。"飞车党"主要威胁的不是老人和孩子，而是女人。无论是你戴在耳朵上的耳环还是挂在脖子上的项链什么的，随时都有"飞车党"从身后蹿出，一把将你的耳环或项链扯走，便消失得无影无踪。

若仅这样，也是可以防备的。你不是要抢吗？我不戴那些东西了，总可以吧？事情当然没有那么简单。如果你是一个女人，总要上街的吧，上街总得挎一个包吧？抢你的包比扯你的项链还容易得手。不管你有多高的警惕性，绝对让你防不胜防。

当然，有关部门提出"禁摩"，这还不是最主要的原因。为了减少摩托车尾气污染，有关方面早就调查过，摩托车单位载重、每公里污染物排放量，高于其他机动车，这是不争的事实。

从广州城市发展的长远战略角度考虑，"禁摩"势在必行。这是进一步优化城市道路资源配置、推进城市发展的必然选择。

为了使"禁摩"工作平稳推进，2004年1月15日，广州市举行了市区摩托车禁行方案听证会。与会代表来自社会各界，其中车主6名、非车主6名、被摩托车撞过的1名、被摩托车抢过的1名、居委会干部3名。这17名听证会代表对"禁摩"问题发表了意见。其中，赞成在广州逐步"禁摩"的13人，持反对态度的4人。同时，在政策方面，做好"禁摩"相关的补偿、就业、公共交通配置等一系列工作，确保"禁摩"工作顺利实施。

广州市正式"禁摩"以后，2007年1月1日至2010年6月，共淘汰摩托车36万多辆，每年减少摩托车排放污染物近3万吨，从根本上解决了摩托车污染问题，极大改善了市中心环境空气质量。

为推进亚运会后广州的"天更蓝"工程，2014年5月9日，中共广州市委、市政府召开了大气污染防治动员大会，对2014—2016年的大气污染防治工作进行了全面的部署。此前已颁布了《广州市大气污染综合防治工作方案（2014—2016年）》，以防控$PM_{2.5}$等污染为主要目标，提出优化能源和产业结构等10大防治行动、57项具体措施、8个方面保障措施和3000多项具体任务。市环保局组织国内顶尖的科研团队，完成了$PM_{2.5}$来源解析研究工作，为市政府指导实施有针对性的大气污染防治工作，提供了强大的技术支撑。

自2013年以来，广州市按照"车—油—路"的思路全力推进机动车污染控制。

一是提升车辆、油品标准。实施更严格的机动车排放标准，是从源头控制机动车排气污染的有效手段。广州从2014年1月、7月起分别全面推广使用国Ⅳ标准车用柴油及国Ⅴ标准车用汽油；2015年12月31日起执行国Ⅴ排放标准，执行这一标准后，轻型汽油车可降低25%~28%的氮氧化物排放，重型柴油车可降低约43%的氮氧化物排放；2019年5月1日起实施机动车排放检验新国标；7月1日起轻型汽车执行国Ⅵ排放标准；2021年7月1日起实施重型柴油车国Ⅵ排放标准；2018年9月1日起全面供应国Ⅵ标准车用柴油，12月1日起全面供应国Ⅵ标准车用汽油。

二是加大在用机动车监督执法力度。强化对20辆车以上的营运柴油车用车大户的监管，组织对重点用车大户帮扶和入户检查，签订环保用车承诺书。

三是推进老旧车辆深度治理。在全市行政区域范围内限行黄标车，黄标车限行区面积达528平方千米，占建成区面积的52%。广州市还在全国率先使用电子警察，实行淘汰黄标车奖励政策，"十二五"以来淘汰黄标车21.6万辆。全天禁止黑烟车在广州市行政区域内道路通行，自2021年1月1日起，对被抓拍冒黑烟的车主执行扣3分，罚款200元的处罚措施。

四是推广应用纯电动等新能源车辆。截至目前，累计推广应用电动公交车1.3万辆、纯电动出租车1.4万辆、纯电动车城市配送车辆621辆。五是优化路检工作，震慑超标排放。2020年，在道路和停放地抽检柴油车约4.7万辆次，要求其中约3100辆检测超标车辆限期维修合格；遥感监测柴油车141.1万辆次。今年1—4月共抽检柴油车约1.1万辆，对416辆超标车辆处罚并责令限期维修。

餐饮服务业污染防治

食在广州，这早已成了国人的共识。

为了解决餐饮业烟气污染问题，广州市根据不同时期的特点，不断创新监督管理办法，在保护餐饮业健康发展的同时，以"食在广州，清新的空气也在广州"为目标,最大限度地减少餐饮业烟气污染扰民问题。从执法监督、源头管控、推广使用清洁能源,到实行商住分离、坚决落实规划功能划分,严把审批关。从技术减污,到注重通过行政、市场和技术有机结合的"三位一体"模式,不断探索建立健全餐饮业长效环境管理机制,走出了一条具有广州特色的餐饮业污染防治路径。

20世纪80年代到90年代中后期,广州市对餐饮服务业污染的治理手段主要是点对点的整治,对投诉较多、扰民严重的点档进行监督治理,但由于没有相应的标准和对应的法规,在整治餐饮服务业污染方面普遍存在执法难的问题。

针对大部分餐饮服务业使用煤、重油、柴油、煤油等高污染燃料的情况,1998年12月,广州市颁布《关于饮食服务业使用清洁能源的通告》,要求:在广州市辖区内宾馆、饭店、酒楼、餐厅、酒吧、歌舞厅等从事餐饮服务业经营活动的企业、个体工商户,以及机关、企事业单位的招待所、饭堂,应按照通告规定的期限停止使用煤、重油、柴油、煤油等污染大气环境的燃料,改用管道燃气、液化石油气、电等清洁能源。

到2000年,广州市有2409户200个餐位以上的餐饮服务业户完成了炉灶改造,使用煤气、液化石油气的单位共7787家。这一举措,有效地减少了一氧化碳、二氧化氮、可吸入颗粒物、油烟等污染物的排放。

2001年后,广州市理顺了餐饮业污染型项目的审批管理程序,严格按照功能区设置的要求,审批新增的餐饮服务业,有效防止新建项目出现影响功能区环境质量和污染扰民的问题。

2004年，广州市以餐饮服务业污染整治为抓手，印发《关于防治饮食服务行业污染扰民的通告》。这是广州市防治餐饮服务业污染扰民的第一个政府通告。通告禁止在无商业裙楼的住宅楼内、未设立配套规划专用烟道的商住综合楼宇、商住综合楼内与居住层相邻的住宅楼距离少于5米的场所内，新建、扩建、改建可能产生油烟、恶臭、噪声、振动、热污染、光污染的餐饮服务项目。

通告发布后，广州市开展了餐饮业油烟专项整治，重点整治了餐饮企业46家，查处无治理设施或不正常使用治理设施的企业29家。至2005年底，128家100个餐位以上的重点监管业户，有68家安装油烟治理设施，另有8532家餐饮服务业户完成清洁能源改造，较好地解决了群众投诉多、意见大的油烟污染问题。

2006年，广州市对新报建餐饮服务业项目从严把关，特别是对住宅区内报建餐饮服务业项目进行严格控制。全年共检查餐饮业户9004户次，责令303户补办环保手续，对1097户发出限期整改通知书，对144户进行经济处罚，责令137户不符合环保条件的餐饮服务业户停业。

2007年，广州市提出本年度初至2008年上半年，分三阶段进行，对新建餐饮服务业污染防治和现有餐饮服务业污染整治，以实现餐饮业污染从末端治理向全过程防治的转变。这一年，列入第一批污染整治的224家餐饮店中，完成整改198家。广州市继续推进餐饮服务业使用清洁能源，完成558户工业、公共福利用户的天然气置换工作，使广州市内餐饮业大灶清洁能源使用率达94.13%。如：越秀区环保局，对连锁经营的餐饮服务企业实施集团式环保管理，同时对辖区355家餐饮业户安装油烟在线监控装置，效果良好；天河区环保局开展餐饮业油烟治理设施统一运营试点工作，对110家餐饮业户实施统一监管；海珠区环保局开展"百日环保专项执法行动"，对重点排污企业进行拉网式排查处理，其中与60家餐饮业单位签订油烟净化设施运行管理责任书，强化新建餐饮业的污染防治。

2008年，广州市重新修订并发布了《关于进一步加强餐饮服务业污染扰民的通告》。按照新发布的通告，所有业主，不得利用无餐饮服务规划功能和无专用烟道的建筑物进行经营，也不允许出租、出借、承包给其他单位和个人开办经营可能产生污染的餐饮服务项目。

以上规章发布以后，广州重点整治了114家餐饮服务业户，并在广州市推广越秀区对餐饮油烟远程监控的做法。

在推广清洁能源方面，则结合天然气置换工程，以海珠区为试点，逐步推进管网内的餐饮服务业户改用天然气工作，以解决餐饮服务业的污染问题。

2013年至今，广州市一直在推进发挥性有机物和餐饮油烟治理。

一是加强统筹谋划。印发实施广州市挥发性有机物重点监管企业销号式整治方案、夏秋季百日行动方案等专项方案，建立任务清单，明确职责分工。

二是推进以点带面。按重点行业、重点企业的思路加强整治力度。重点行业方面，2017年完成545座加油站、13座储油库整改，回收油气8500吨。2019年，分类整治完成1240家机动车维修企业；2020年完成293家家具企业整治。重点企业方面，2017—2019年完成410家省市重点企业"一企一方案"综合整治，减排挥发性有机物约7900吨。2020年分两批完成872家企业销号式综合整治任务。2021年印发实施《广州市印刷行业挥发性有机物（VOCs）污染整治工作技术指南》，分三阶段开展印刷行业整治。推进落实泄漏检测与修复（LDAR）工作，协调加油站夜间卸油，引导错峰加油。

三是开展走航监测。建立"问题诊断、管控建议、执法支持、动态评估"高效工作模式。2020年对全市11个行政区、11个国控点、176个工业园区、843家企业和71座加油站开展走航，行驶距离37500公里。

四是强化油品监管。开展反走私综合治理联合清查行动，2021年以来合计查获走私成品油约21吨。查处"黑油站"、非法经营油库，捣毁非法加油点166个，查处成品油约209吨，刑事立案5起，抓获人员34人。

五是减少餐饮油烟排放。2013年9月，广州市印发《广州市餐饮场所污染防治管理办法》（以下简称"《办法》"），结合广州市未来发展趋势和要求，针对上位法和地方立法空白的状况，对总则、餐饮场所污染环境管理、法律责任、附则等内容，重点在餐饮场所布局规划、环评审批简化、污染治理设施安装要求、环境治理制度优化等方面做了创新规定。

《办法》发布后，广州市组织对75个餐位以上的中型餐饮业户核发排污许可证，并提出了采取实施排污许可审批、推进设施委托运营、强化部门联动协助、集中规范放置证照等十个方面的措施，全面推进餐饮业环保管理。广州市还印发实施了餐饮场所污染防治管理指引，部门联动，加强餐饮业准入把关、信息共享和执法联动，鼓励开展集约化综合治理，建立健全餐饮场所油烟在线监控平台。

为了"天更蓝"

解决了餐饮业的问题,广州市并非解决了阻碍"天更蓝"的所有问题。20世纪90年代,随着城市的急速扩张,特别是地铁一号线的开工建设,广州市的城市扬尘问题日益突出。有记者曾在报道中称之为"花城无处不飞尘"。为解决这一问题,广州市在关停了广州氮肥厂、广州硫酸厂等污染大户的同时,又关停了67家小水泥厂,基本解决了扬尘问题,并对城市建设工地进行规范化管理,从源头上遏制余泥、渣土撒漏污染环境等问题。

为减少工地扬尘污染,市环保局检查工地471个,对其中244个违规工地分别做了限期整改、责令停工等处理。

2001年,市区二氧化硫日平均浓度为0.045毫克/立方米,比4年前下降29.7%;可吸收颗粒浓度0.158毫克/立方米,比4年前下降了40.3%。广州的空气质量已保持在国家二级水平。

广州蓝天出现天数,也由1998年的150天上升到2000年的180天,仅2001年上半年,蓝天出现的天数就达135天,同比增加25%。

虽已取得阶段性成果,但在通向"天更蓝"的道路上,广州市仍面临诸多挑战。据《2003年度广州市环境质量报告书》公布的数据,广州空气质量的首要污染物中,粉尘污染占全年污染总量的86.2%。根据污染源解析结果，扬尘污染对珠三角PM_{10}的"贡献率"达到54%、对$PM_{2.5}$的"贡献率"达21%。据统计表明，广州工地扬尘约占$PM_{2.5}$来源的10%，成为继工业污染、机动车污染、餐饮业污染之后影响广州空气质量的第四大因素。

2003年4月，广州市环保局联合广州市建委，发出了《关于开展广州市区控制建设施工扬尘污染执法行动月的通知》。同时，市环保局向市人大提交了《广州市大气污染防治规定》，针对整治粉尘工作，该规定提出了8条很好的建议，每一条都非常具体，容易操作，很快获得了市人大的批准。

2004年5月，广州市对1200处建筑、市政工地采取多种措施控制扬尘污染，对广州252个停工或闲置工地进行整治，其中190个地块完成地面硬化或绿化。市建委进一步规范在建工地施工管理，市容环卫局加大地面保洁力度，减少道路扬尘。

2006年，广州市召开"青山绿地，蓝天碧水"二期工程动员大会，开启了新一轮拆违建绿工程。在老城区完成了拆违建绿工程492项，重点对338个采石场和149个采泥场进行整治复绿；建成区绿化覆盖率达40.05%，人均公共绿地1132平方米；广州市共批建森林公园和自然保护区50个，自然保护区覆盖率达到11%，有效地减少了城市的扬尘污染。

2008年，广州市继续强化建筑施工工地的环境管理，使广州市98%以上的工地达到文明施工要求。

2009年，广州市在实施"空气整治50条"的基础上，又制定实施了"空气整治新31条"，深化对工业企业、机动车、餐饮服务业废气和工地扬尘、挥发性有机物等的综合整治。在市环保部门预算外安排6亿元专项资金用于空气污染整治，并由此带动企业投入18亿元用于治理空气污染。

2010年，广州市要求建筑工地严格控制扬尘污染，做到6个100%：施工现场100%围蔽、工地沙土100%覆盖、工地路面100%硬地、拆除工程100%洒水压尘、出工地车辆100%冲净车轮车身、暂时不开发的场地100%绿化。

亚运会结束后，广州以建成更加适宜生活居住的"花园城市"为目标，建立健全更加有效的空气污染综合防治机制，让广大市民享有更美丽的蓝天、更清新的空气，让蓝天白云成为广州一张永远不变的新名片。

2011年，广州市制定《广州市进一步加强后亚运时期空气污染综合防治实施方案》，进一步细化成《2011年广州"天更蓝"工作实施方案》，围绕工地扬尘控制等工作重点，推进17项"天更蓝"环境整治项目的落实。按照"主动作为、及早应对、系统推进"的原则，以提高空气洁净度为着力点，继续强化城市扬尘控制。市建设、城管、港务等部门，继续从施工工地、道路保洁、料堆尘污染控制、裸土硬化等方面强化城市扬尘污染控制。

市环保部门对施工工地扬尘污染防治措施提出严格要求。黄埔港码头、新沙煤码头、洪圣沙煤码头等每天定时对料堆和相关路面洒水喷淋，将原先敞开的物料输送带和中转房完全密闭，减少扬尘。2011年全年共查处无证照施工398宗、违法夜间施工1241宗、扬尘污染118宗、余泥渣土违章排运531宗。

2011年之后，灰霾问题日益引发公众强烈关注，而造成灰霾的主要原因，仍然是$PM_{2.5}$。

2012年2月29日，国务院发布新修订的《环境空气质量标准》，将$PM_{2.5}$

正式纳入空气质量监测目标。新标准公布不到十天，2012年3月8日，广州就按照新的国家标准，通过广州环境保护网站向公众发布$PM_{2.5}$等监测结果，成为国内最早、最完整按新标准发布空气质量的城市。

2012年，广州市印发《广州市2012—2016年空气污染综合防治工作方案》，进一步提出：到2016年底，环境空气中可吸入颗粒物（PM_{10}）、细颗粒物（$PM_{2.5}$）、二氧化硫、二氧化氮，年平均浓度力争较2010年分别下降12%、7%、12%、10%以上。市环保局组织开展扬尘污染防治区创建试点工作，基本完成扬尘污染源排查，从施工工地、道路保洁、料堆尘污染控制、裸土硬化等方面强化城市扬尘污染控制。

这也是广州新一轮空气污染综合防治五年工作方案，按照"一年打好基础、三年发展提升、五年有效控制"的目标，以防控$PM_{2.5}$等污染为抓手，推出空气整治"组合拳"，提出10大防治行动、42项具体措施、8大保障措施和近3000项治理、监管、法规、科技支撑项目。

方案涉及12个区、县级市政府和近30个职能部门。

2013年始，广州市强力推进工地扬尘污染控制工作，加大"降尘"力度。一是制定规范标准，细化管理要求。制定扬尘防治"6个100%"管理标准图集，规范细化扬尘防治相关标准措施，提升建设工地施工扬尘治理水平。二是建立联动机制，工作合力得到加强。制定年度建设工程扬尘污染防治专项工作方案，建立全市建设工程扬尘整治联席会议制度，明确相关部门和属地区政府的责任分工和任务要求，形成监管合力。三是开展专项整治，保持高压态势。开展扬尘治理"净化"专项攻坚行动，每旬通报整治情况，约谈、曝光违法违规企业。五是创新管理手段，巡查定点结合。至2019年，广州市规模以上在建工地安装视频监控1752套、扬尘在线监测设备1429套，每天有5000余台环卫作业车辆对道路进行机械化清扫和高压冲洗。

2013年，广州市环保局出台了59项关于扬尘污染控制管理的措施，以有效降低环境空气中颗粒物浓度，进一步提升广州环境空气质量。措施包括建设工程施工、物料运输、堆场、道路、绿化和养护施工、绿地系统建设、生物质物料露天焚烧等7个领域的扬尘污染监管工作。在59项措施中有31项专门针对建设工程施工扬尘防控，包括房屋建设、道路与管线施工、房屋拆除、采石取土等的扬尘防控，分别由建设、城管、交通、水务、环保、国土、房管等部门，按职责监管。措施还明确要求，各相关部门及各区、县级政府要研究制定空气重污染日扬尘污染控制应急预案，在空气重污染日启动相应应急措施。

2014年，广州制定实施了《广州市加强建筑工地环保管理工作方案》，组织天河区先行先试，创建扬尘污染控制区，探索实施扬尘污染排放管理制度。天河区作为新的中心城区，建设任务重、工地多，控制扬尘污染对天河区乃至广州市都有重要意义。

为此，天河区政府常务会议审议并原则通过了《天河区创建"扬尘污染控制示范区"实施方案》。根据此方案，天河区公安局配合区扬尘控制办公室、区建设水务局推进辖区内的110个施工工地视频监控系统建设。

2014年，广州市扬尘污染整治工作取得了显著成效。广州市全年空气质量达标天数为282天，比2013年增加22天。环境空气6项主要监测指标中，二氧化硫浓度比上年下降15%，二氧化氮浓度下降7.7%，细颗粒物浓度下降7.5%，可吸入颗粒物浓度下降6.9%。广州的天，一天天变得更蓝。

2014年之后，广州在"减煤、控车、降尘、少油烟"的治气"九字诀"的基础上，不断深入、推进、落实。

"减煤"方面，2019年提前一年完成省下达的2018—2020年减煤199万吨的任务，2018—2020年关停广州发电厂等9台燃煤机组（装机容量990兆瓦），削减燃煤量264.8万吨/年。

"控车"方面，不断提升新车准入标准，累计推广应用电动公交车1.3万辆、纯电动出租车1.4万辆、纯电动城市配送车辆621辆。

"降尘"方面，通过运用视频实时监控、无人机飞行巡查、督导组现场巡查、扬尘在线监测设备自动预警等先进技术，提升监管的全面性、科学性和针对性。全市5000余台环卫作业车辆，每天对道路进行机械化清扫、高压冲洗，城市公路及主干道机扫作业率达100%。

"少油烟"方面，不断强化重点行业、重点企业挥发性有机物整治。2017—2020年完成410家重点企业"一企一方案"，减排挥发性有机物约7900吨。2020年分两批完成872家重点监管企业销号式综合整治任务。组织开展主要工业园区、重点企业、加油站重点区域周边走航监测，建立"问题诊断、管控建议、执持、动态评估"的工作模式。

从2013年开始，广州环境空气质量衡量指标，在二氧化硫、二氧化氮及PM_{10}的基础上，增加了$PM_{2.5}$、臭氧和一氧化碳。从连续三年的数据看，2013年、2014年和2015年达标天数分别为260天、282天和312天。

这些数据显示，这三年，广州$PM_{2.5}$年平均浓度逐步下降。在2016年初召开的全国"两会"记者见面会上，环保部部长对珠江三角洲地区的空气治理工作给予了充分肯定。他说："2015年珠三角整个区域全年$PM_{2.5}$浓度达标，这是非常不容易的，增加了我们治污的信心。"

他表示，珠三角从20世纪90年代中后期开始，系统研究大气污染治理，进行产业结构调整、能源结构调整，加大污染治理，珠三角这个中国经济高度发达地区取得成效，增加了中国解决雾霾问题的信心和决心。

监测数据显示，2015年，广州市的空气质量已经提前达到了广东省下达任务的标准。

2016年广州市政府工作报告中提出力争"达标"的目标，对空气治理工作提出了更高难度更大的挑战。"达标"即是一个地区的空气质量能够达到国家二级标准，其中重要的一点就是$PM_{2.5}$的年均浓度——35微克/立方米。根据最初的计划，这是要到2025年才能完成的任务。

作为人口总量巨大、经济发达的超大型城市，广州的$PM_{2.5}$浓度下降一两微克，都曾被专家学者们认为难度巨大。而在短短几年内，广州的$PM_{2.5}$下降幅度超过10微克，令业界"惊叹"。

2013年国家空气质量新标准实施以来，广州市环境空气质量持续改善，2020年环境空气质量六项指标实现全面达标，细颗粒物（$PM_{2.5}$）浓度再创新低、连续四年稳定达标。

$PM_{2.5}$：2020年平均浓度为23微克/立方米，比2013年下降30微克/立方米，我市成为国家中心城市及地区生产总值超万亿、常住人口超千万的省会城市中率先实现$PM_{2.5}$连续四年稳定达标且六项指标全面达标的城市。

PM_{10}：2020年平均浓度43微克/立方米，比2013年下降29微克/立方米，远低于《环境空气质量标准》规定的二级标准限值（70微克/立方米）。

二氧化硫：2020年平均浓度7微克/立方米，比2013年下降13微克/立方米，远低于《环境空气质量标准》规定的二级标准限值（60微克/立方米），达到一级标准。

一氧化碳：2020年平均浓度1.0毫克/立方米，比2013年下降0.5毫克/立方米，远低于《环境空气质量标准》规定的标准限值（4毫克/立方米）。

二氧化氮：2020年平均浓度36微克/立方米，比2013年下降16微克/立方米，自2012年国家收严浓度标准以来首次达标。

臭氧：2020年平均浓度160微克/立方米，达到《环境空气质量标准》规定的二级标准限值（160微克/立方米）。

空气质量优良天数比例：2020年，广州全市空气质量优良天数为331天，空气质量优良天数比例为90.4%，在9个国家中心城市中为最优。

毫无疑问，"广州蓝"已经成为广州一张亮丽的名片！

夜幕降临，当你乘兴登上白云山顶的时候，当你站立在白云山顶，仰望浩瀚夜空的时候，你会望到什么？是银汉迢迢！是群星灿烂！此刻，你会想到什么？是惊喜吗，还是感叹？

二 噪声防治，把宁静还给都市

有人说，宁静以致远。

安静的环境，对于生活在一个千万人口的大都市的人们来说，多么难得，多么重要，是不言而喻的。所以，噪声污染的防治，也成了整个环境治理的一项重要内容。

还是从20世纪70年代说起吧。

当时广州市中心区平均声级是68分贝，噪声成为当时亟待解决的公害。全市机动车虽只有几万辆，但人民南路、西门口、区庄、中山二路、解放中路等交通要道，白天的噪声强度达到80~88分贝，比拥有200万辆机动车的日本东京还要高出8~10分贝。

为了消除环境噪声污染，广州市通过创建低噪声控制街和加强交通管理，使市区环境噪声逐步下降。

1981年7月，广州市颁布了《广州市环境噪声管理暂行条例》，全面开展噪声防治工作，让环境噪声管理逐步走向制度化。1981—1983年底，一大批工矿企业、机关单位采取措施防治噪声，全市区完成了100多个单位的600多个噪声点源的治理，一些区域的环境相对变得安静。

如：广州糖果厂原料车间的高压离心机经加建隔声房和安装消声器后，边界噪声从80分贝降到53分贝。

树欲静而风不止。

随着机动车数量的不断增加，城市交通噪声污染日益加重，1983年，城区交通噪声平均达77分贝。

为控制机动车噪声污染，1984年1月，市公安局和市环保办联合公布了《关于严格控制机动车噪声的通告》。

通告规定，对在市内行驶的机动车，实行强制性更换高噪声喇叭；将噪声指标纳入机动车年审内容，噪声不合格的，不办年审；车辆生产、维修单位必须将噪声指标列入产品检验标准，出厂车、新购买车、过户车，凭噪声检测合格证办理车辆牌照；拖拉机没有进城证不准进入市内；禁鸣路段禁止鸣喇叭。违反通告规定的，视情节轻重，分别给予警告、罚款、扣留驾驶证或行政拘留的处罚。经广州市政府批准，对市内和外地进入市区的机动车辆实行强制性更换超过105分贝的高音喇叭。

1985年5—10月，广州市首先在连新路等13条路段实行了禁鸣喇叭，随后又在北京路、应元路等路段实行禁鸣喇叭。至1990年市区已实行禁鸣喇叭路段45条，对市区交通噪声控制起到了积极作用。1990年，城市交通噪声平均为73分贝，比1983年降低了3分贝，接近国家规定70分贝的标准。

1986年7月,广州市人民政府颁布实施《广州市环境噪声管理规定》,对相应政府部门噪声污染防治工作职责进行了分工。环保部门对噪声污染防治实施统一管理;公安部门分管陆上交通噪声和社会生活噪声的监督管理;港务监督、航政部门分管水上交通噪声的监督管理;建筑施工主管部门分管建筑施工噪声的监督管理。同年10月,公安部门对社会生活噪声实行检查监督。至1990年末,公安部门对违反交通噪声、社会生活噪声管理规定者,处罚4063例,拆除违章使用的高音喇叭833个;城市监察大队对违反建筑施工噪声管理及燃放鞭炮者,处罚2517例;航政、港务监督部门对违反水上交通噪声管理规定者处罚954例。1990年,全市陆续完成了噪声治理项目990项,城区噪声污染有所下降。

1987年上半年,噪声污染占环境污染投诉总量的53%,与此同时市政府做出了全市整顿噪声联合行动的部署。

同年8月,市政府主持召开了联合行动记者招待会。市环保部门、公安部门、城市管理监察大队、海上安全监督局、工商行政管理部门按照《广州市环境噪声管理规定》的要求,统一部署,分工协调,于8月下旬和10月份,分别组织了两次联合执法行动,对工业噪声、水上和陆上交通噪声、建筑施工噪声、社会生活噪声进行了整顿。先后共出动500011人次,检查了1.64万个固定噪声源和5101个流动噪声源,分别以教育、警告、处罚办法处理了噪声超标准和违章案2695宗,拆除了违章安装使用高音喇叭595个,消除了一大批扰民噪声源。

市属6个区的环保办协调工商、城管中队等部门检查了饮食店噪声污染4425户，警告教育了508户、执罚280户，使环境噪声有所下降。据海珠区监测，噪声比整顿前普遍下降了2～3分贝。

市政府限期治理的41个噪声项目除1项因情况变化撤销外，有38项按期完成。

通过整顿，在市内机动车流量增加12.4%的情况下，交通噪声等效声级下降了2分贝，鸣喇叭次数减少了52%。

"宁静工程"

20世纪80年代中后期，市属各行政区在创建无黑烟街的基础上加强噪声控制街建设。

1987年5月，广州市第一批噪声控制街——越秀区的诗书街、人民路、解放中路、北京路，通过噪声控制街验收，推动了各区创建噪声控制街活动。当年末，各区已建成噪声控制街11条。

1988年，广州市进一步扩大创建噪声控制街的范围，新建成了8条烟尘控制街和15条噪声控制街。全市累计已有79条行政街、1个镇，面积约87平方千米的区域建成烟尘控制区；26条行政街建成噪声控制街。在建成的噪声控制街中，有436个噪声源单位共投资672.31万元完成了1073个噪声治理项目，为5169户居民减轻或免除了噪声污染危害。街道环境监督管理工作进一步加强。街道办事处普遍建立了环境保护领导小组，明确了城管科的环境管理职责。

1989年，根据《广州市环境综合整治定量考核分解方案》，创建噪声控制街活动以考核指标形式，在市区全面展开。到1990年，市区建成噪声控制街53条，噪声控制区面积48.739平方千米，噪声控制区覆盖率34.4%，城市环境噪声59.6分贝，比1980年降低1.4分贝，比1986年降低4.5分贝。到1993年广州市全面完成噪声控制街的复查、巩固工作时，噪声控制街累计已达80条，覆盖率为77.3%。按照市环保部门环境综合整治定量考核的要求，广州市环境综合整治定量考核开始后，噪声控制区的概念有所修改，由噪声达标区替代。

进入21世纪，广州市根据"创模"纲要关于噪声控制的要求，积极创建城市噪声达标区，市区环境噪声平均值和交通干线环境噪声平均值，分别控制在60分贝和70分贝以内。2004年，作为广州市创建环保模范城市重要考核指标的环境噪声，经检测达标区全部达到国家环境保护模范城市考核要求，环境噪声达标区覆盖率达到64.6%。噪声达标区的创建工作，亦在后来"宁静工程"的建设中逐步得到强化。

由于城市的不断扩张和市民生活的变化，新噪声污染源不断产生，噪声污染仍然是影响市民生活的热点问题。

2005年8月，市政府针对市民反映的噪声污染问题，结合广州市创建环保模范城市工作要求，提出由市环保局牵头开展"宁静工程"创建工作，全面解决噪声污染扰民问题。

市环保局随即开展了对广州市区环境噪声的调研，重点对中心区道路交通噪声进行了全面普查及监测。调查发现，当时广州市噪声污染主要包括建设施工噪声、交通噪声污染和生产经营性噪声扰民等，通过对交通噪声污染严重路段、典型路段进行污染防治评估后，确认道路交通噪声是广州市环境噪声污染防治的重中之重。广州市环保部门针对道路交通噪声问题提出了初步整治方案，建议优化交通布局，对部分路段改用沥青吸声，增加道路的隔声屏等。在此基础上，广州市于2005年9月制定了《广州市"宁静工程"实施方案》，计划是在全面掌握全市噪声污染源的基础上，借鉴香港、北京噪声污染防治的成功经验而制定的。市环保部门的初步设想是选择典型路段进行噪声污染治理试点，确保治理方案的科学性和可操作性。

根据《广州市"宁静工程"实施方案》的要求，2006年广州市开始全面实施，创造安静生活环境，在市环保局成立了"宁静工程"实施领导小组办公室，重点解决道路交通、建筑施工、工业和社会生活等噪声扰民问题。加强对重点路段、重吨位车辆限行、机动车禁鸣的监督执法，强化对公交营运车辆噪声污染整治，仅2006年一年就对771个施工工地进行联合执法。对生产噪声污染和超时施工的进行处罚；开展对115家噪声防治重点工业企业和娱乐饮食服务业的执法检查，对逾期不整改或治理无效的依法进行处罚，营造安静生活环境取得了新进展。

实行"宁静工程"期间，广州市各区、县级市政府和有关职能部门对照方案，扩展"噪声达标区"，推进内环路等中心区主要道路、机动车辆、在建施工工地、餐饮服务业噪声污染防治等9大项目的工程实施。相关技术部门对摩托车噪声的测试结果表明，单辆摩托车行驶所产生的噪声在63～91分贝之间，平均值接近73分贝，对环境噪声的"贡献"不容忽视。

"禁摩"与"禁炮"

又是禁摩！

这里讲的"禁摩"与前面说的"禁摩"，是一回事，也不是一回事。前面说的是要解决交通事故、社会安全以及摩托车的尾气污染问题，这里主要讲的是摩托车给城市带来的噪声。但既然都是"禁摩"，其给社会带来的危害，却是一样的。

全市上百万摩托车要退出历史舞台，意味着上百万人的出行方式要发生改变；其中依靠摩托车谋生的人们，将面临下岗失业。他们也都是上有老下有小的人，一家人全都要靠他的摩托车来养活啊！当时全球的经济危机正在继续，就业难度正在增加，大学毕业生就业问题还在困扰着我们。面对这些没有什么专业知识、缺少专业技能的摩托车主，该如何解决他们的就业？通俗地讲，就是如何帮助摩托车主有饭碗？

或许，这就是"禁摩"留下的最大的难题。

为了解决这一难题，由市委主要领导挂帅的团队，经过周密的调查研究，多次和区、街道及用人单位座谈、协商，并深入到摩托车主家中征求意见，最终妥善地解决了这个问题，使"禁摩"过程平静顺利，没有发生任何冲突。

2007年1月起，市中心区路段全天禁止摩托车行驶。

为调查"禁摩"前后道路噪声的变化情况，客观评述"禁摩"措施对环境噪声的影响，广州市环保部门还组织市环境监测中心站，选取具有代表性的主要交通干道和城区内街道小巷，对"禁摩"前后的道路噪声进行了对比监测和评价。结果表明，"禁摩"后道路交通噪声明显下降。2007年底，全市建成噪声达标区408平方千米，达标率为71.69%，市民对噪声的投诉率不断下降。2010年，全市区域环境噪声和交通干线噪声平均值分别为55.1和69.1分贝，城市声环境质量保持稳定。

广州在"禁摩"之前，就有了"禁炮"的决定。这是在全国500万人口大都市中的"首创"。

"禁炮"，也就是禁止燃放烟花爆竹。对一个有着浓厚传统色彩的大国而言，要禁止烟花爆竹，谈何容易！

君不见，逢年过节、红白喜事，人们燃放鞭炮的习惯，已经历经千年了。真的说禁就能禁吗？

1992年，广州市义无反顾地实施了《广州市销售燃放烟花爆竹管理规定》，禁止在市区（包括部分郊区和市中心四区）销售燃放烟花爆竹。

尽管童年的我那么喜欢放炮，可是现在我早已经是广州"禁炮"规定坚决的拥护者了。让我没有想到的是，在广州很多人的想法和我一样。毕竟燃放鞭炮，在农村很是盛行。可是在几百万甚至上千万人口的大都市，完全是不合时宜了。

在大都市，燃放烟花爆竹，从噪声和大气污染方面考虑，其负面效应显而易见。

前些年，甚至包括现在，内地有很多的省市还在为要不要禁放烟花爆竹而争论不休的时候，广州市中心城区早已"禁炮"成功好多年了。

原本很多人认为不可能实现的事情，真的要做起来，人们慢慢也从不习惯变成习惯了。特别是在广州。

这就是广州，这就是广州人！这就是广州人的务实精神！

"禁炮"，禁止燃放烟花爆竹，确实给人们的生活带来了宁静和空气的清新。这在全国范围内开启了"禁炮"的先例。尽管从开始至今，反对之声从没有停止过，但广州不仅没有后退，随后又适时地扩大了"禁炮"的区域，为全国做出了最好的示范和榜样。

可见广州人的与时俱进！哪有半点的保守！

强化噪声污染执法

一年一度的高考，牵动着无数考生和家长的心。

据报道，有一年临近高考之际，一个中学边上的池塘某天晚上被人投毒，池塘里成百上千的青蛙全部一命呜呼。不用猜，投毒者一定是高考考生的家长，原因也很简单，就是池塘青蛙不停的叫声，影响了考生的学习。事情一出，全市一片哗然。说什么的都有，但总体来说，更多的是唏嘘，为那些不明不白就丧了命的青蛙而惋惜。可是投毒者呢，并不会因此而受到法律的任何追究，因为几百甚至是上千青蛙的命，不足以让公安部门为此立案。三天的高考很快就过去了，这件事也不了了之，再没有人提及，至于投毒者会不会因此受到良心的谴责，就不得而知了。

其实，高考噪声问题历来是广州环保部门重点关注的问题，而且一年比一年控制得严格。早在1998年，广州市环境机动执法队围绕广州市环保工作重点，开展了高考期间环境噪声的监督管理工作。

2004年，为给全市考生创造良好安静的考试环境，广州市环保局实施了"环保护考"民心工程，首次公布了高考期间环境污染24小时投诉电话，市民在高考期间发现有噪音扰民或其他影响考生和考场的问题，除可拨打市环保局12369电话投诉外，还可向市交警、城管以及各区环保部门反映，高考期间环境污染实行24小时无间断监控。环保部门还要求，凡是高考期间接到涉及影响学生学习、休息，影响考场环境的来电、来函、来访，有关部门应特急办理，有关人员应及时到现场严肃查处，当天解决问题。

为使广州市全体考生有个安静的备考和高考环境，广州市环保局还会同市建委、交委、教育局、招生办、交警支队、城管支队、广州军区联勤部、市机动车噪声排气治理协调办以及各区、县环保局等单位联合监督检查，做到全市统一部署，统一行动。在高考期间加大执法力度，严厉打击各类环境违法行为，查处解决影响考场、考生的环境污染问题，为考生创造良好安静的环境。

近年来,高考降噪工作已被列为广州市环境保护工作要点,为保障高考考场环境质量,市、区环保局全力做好环保护考工作。一是开展考前专项执法,市、区环保局有关部门组成专项执法检查组,提前检查各个考场周边环境,全面了解、控制考场周边大气污染源、噪声源。二是做好全程环境监测,考试期间对各考场周边进行现场监测,派专人进驻考场,一旦发生异常,立即协调相应职能部门,及时处理。三是落实全时段值班制度,24小时均有专人接听、处理投诉电话。考试期间,凡接到涉及影响考生学习和休息、影响考场环境的投诉信函件、投诉电话、来访,一律列为特急件,当即逐一查处并协调解决。环保护考工作在广州已经实行多年,取得了巨大的成功,为千千万万考生提供了宁静的环境。

为集中解决工业企业、交通运输、城市建设等引发的噪声污染问题,广州市环境监察支队组织开展了多次针对工业、娱乐、餐饮服务业的噪声污染专项执法工作。

工作重点:一是加强工业、餐饮娱乐服务业的噪声防治。对噪声扰民的工业、餐饮娱乐业,下达整改通知书,立案查处未落实污染防治措施的企业。二是加强建筑施工噪声管理。开展建筑施工监管和综合执法工作,依法查处夜间违法施工行为,对建筑施工企业依法征收噪声超标排污费,并责令其重新调整施工时段,做好防噪问题。三是开展高考、中考环境噪声污染控制。考试期间,考场周边500米范围内全天停止所有生产噪声施工作业,市、区分别组成联合执法巡查小组,督促落实护考各项措施,及时处置噪声污染投诉。四是积极配合并参与调处交通噪声污染整治。积极督促建设方依法落实噪声污染防治措施,减少对周边环境的影响,噪声污染控制已经步入了常态化阶段。

2015年8月,文化部、体育总局、民政部、住房和城乡建设部公布《关于引导广场舞活动健康开展的通知》,对大家关心的广场舞噪声扰民、活动场地缺乏、管理不规范等问题提出了具体的解决举措。

通知要求,应为基层群众就近方便地提供广场舞活动场地,将广场舞活动纳入基层社会治理体系,建立由政府牵头、相关部门依法管理、场地管理单位配合、社区及相关社会组织等广泛参与的管理机制。

2015年10月,广州市印发实施《广州市公园条例》。明确规定公园歌舞噪音超过限制,违反规定音量限制开展健身、娱乐活动的,由公安机关予以警告;属于集体活动的,对活动组织者或乐器、音响器材的携带者可以并处200元以上1000元以下罚款;属于个人活动的,对个人可并处200元以上1000元以下罚款。越秀公园率先在园内划分声环境区域以治噪。

2016年10月,广州市环保局发布《广州市公园声环境功能区划》,对全市11区210个公园设定具体的环境噪音限值,对不同公园做不同噪声管控要求,为广场舞执法提供了技术标准的支撑。

三 固体废物防治,为了水更清

为了强化环境保护,广州市开创性地在基层开展环境保护管理工作。1980年,广州已逐步建成覆盖区、县、街道,立足群众的"三级监督网";区、县环保机构负责开展环境管理、治理和监测、科研工作,并负责制定环境保护规划;在各厂(社)、企业单位设立专、兼职环保员,要求每个街道和居委会指定一人兼管环保工作。1981年9月,各区成立了环境保护委员会,各街道、居委会分别组建了环境保护领导小组。1982年8月起,居委会分别建立了环境卫生、环境保护委员会,并设监督小组开展日常的监督检查活动。由此,一个群策群力、较为完善的环境监督体系,开始在广州建立。

工业固体废物污染防治

被工业化浪潮席卷的广州,企业密布,锅炉林立。市内第一批污染严重的大型水泥厂、火力发电厂，始建于20世纪20年代和30年代，生产设备落后、粉尘污染严重，缺乏科学规划及清洁设施的各式锅炉由于蒸发量小、燃烧方式落后、烟囱低矮，既浪费能源，又加重污染。在新的形势下的环境污染治理中，固体废物污染防治，同样是工作的大头。这里包括：一、20世纪90年代之前30年工业发展中遗留的工业固体废物治理；二、20世纪90年代以来不断出现的新兴的工业项目中固体污染物的防治。

广州市的工业固体废物种类多、数量大，主要有粉煤灰、钢渣、锅炉渣等，每年一般工业固体废物的生产量达到500多万吨。1999年，广州全市推行了医疗废物集中焚烧处置；2001年6月，广州市出台了《广州市固体废物污染环境防治规定》；2006年，广州市编制完成了《广州市固体废物污染防治规划》，这是全国省会城市第一部系统、全面的固体废物污染防治规划。在这期间，广州化工厂的废渣控制和广州石油化工厂的废渣处理的实践与经验，可圈可点。

人们不会忘记20世纪70年代，由于城市规划不合理，广州市中心区域工厂遍布，烟囱林立，像河南工业区、员村工业区、西村工业区等地，因工厂排放废水污染了农田，硫酸厂、化肥厂排放的二氧化硫、氮氧化物以及氯化氢等破坏了农作物的正常生长，愤怒的农民自发集结，堵塞工厂排污口，这样的情况时有发生。作为"三废"之一的固体废物污染成为广州当时突出的社会问题。

1972年，"三废"治理办成立以后，按照"减量化、资源化、无害化"的原则，固体废物污染防治工作逐步开展起来。

1977—1982年，历史累积造成的环境问题集中暴露出来，广州市区固体废物污染日益严重。当时工业废渣的排放量达到206万吨，只有35%的废渣得到处置。为降低污染，改善环境，广州市采取了调整工业布局、治理污染源、强化固体废物环境管理等一系列措施。1982年，全市共完成"三废"治理目标173项。随着治理工程的竣工和投入运转，废渣综合利用提高了18%。一批企业通过净化处理等途径，摸索出治理效果好、经济效益高的固体废物防治污染经验。如增城县氮肥厂利用十多年来堆积的煤渣制砖，日产煤渣砖5000块，既增加了经济效益，又减轻了污染。1990年，广州市工业废渣排放量虽然达到247万吨，但处理率已上升到97%。

1987年，广州市发生了一起铬盐厂的废渣堆——黄村铬矿渣对小环境的污染事故。该渣堆由于没有采取严格的处理措施，被雨水冲刷和渗透，使大量的含铬化合物进入水体造成水质污染。

根据市环境监测中心站1987年5月到6月的监测，紧靠渣堆的集铬水塘，污染严重超标，同时由于集铬水塘的水溢出而污染农田排灌渠，排灌渠的下段六价铬离子也严重超标。广州市政府高度重视，成立了事故处理工作小组，在有关专业部门的配合下，成功对渣堆进行搬迁处理。随着广州铬盐厂的转产，广州铬盐厂铬渣堆对环境的污染得到妥善处置。

广州化工厂是一间氯碱厂，产品有烧碱、聚氯乙烯、盐酸、液氯、糠醇等。过去由于生产工艺落后，氯气、盐酸气弥漫空间，废水横流，严重污染环境，直接影响附近村民的生产，并危害附近农作物。仅赔偿农业损失一项，1957—1979年间就高达73万元。该厂结合技术改造治理"三废"，到1983年完成较大的治理项目32项。"三废"综合利用,产值每年45万元以上,连同节约能源部分,经济效益共达70多万元。通过综合利用,变废为宝,电解车间废氯改用烧碱液作为吸收液,解决过去用石灰乳吸收、将饱和液排入下水沟,既浪费资源又容易造成跑氯事故的问题。且每年可增加次氯酸钠产品1000吨,其中利用氯生产的占13%。锅炉烟气用电解液吸收二氧化碳制纯碱,使盐水精制所需的纯碱能够自给。回收废机油、电石渣、石棉绒、石墨阳极板等经济效益也很好。

广州石油化工厂这个拥有年产30万吨合成氨、52万吨尿素和250万吨炼油能力的现代化大型石油化工企业,于1982年10月经过了国家正式验收。该厂在建设中重视环境保护,按"三同时"的原则进行建设,用于"三废"治理设施的投资1342万元,占总投资的2.68%。主体工程完工时,同时建成硫黄回收、污水处理厂等一批"三废"治理项目。通过精心搞好工艺设计,年处理碱渣及污水厂废渣达到324万吨。设计人员除重视工厂的总体布局外,还注意研究那些难度大的工艺技术问题,在现有研究成果上,加以改进完善。如一氧化碳锅炉,我国各地原来安装使用的有6套,但由于泄漏、蝶阀变形等原因无法长周期稳定运行。该厂设计与生产人员,经过深入调查研究,决定采用膜式水冷壁,尾部的钢板全封闭型结构等新设计,使一氧化碳锅炉开创国内以较高水平连续稳定运行的先河。

生产钻石牌自行车内、外胎的传统橡胶厂,通过"三废"治理和美化环境,同样取得了显著成绩。1983年12月获得广东省化工行业第一家"无泄漏工厂"的称号;1984年12月,又被广东省石化厅评为"清洁文明工厂",成为化工行业环境治理的排头兵。

环境治理的评价指标，往往是添置了多少污染处理设施、投入了多少专项资金、降低了多少污染排放指标。然而不能忽视的是保护环境和扩大产能、提高效益之间不是也不应该是对立的关系。唯有在改善环境与提高企业效益之间找到平衡，企业才能健康发展，环境治理模式方能持续有效。

在转变环境治理思路方面，珠江啤酒厂提供了可以借鉴的经验。珠江啤酒厂第一期生产废水治理工程实施后，在1986年开始扩建第二期工程，除了相应增添部分废水治理设施、增大治理能力外，又引进了颗粒生产线，综合利用啤酒生产线上的各类废渣，包括污水处理的余泥，全部制成颗粒饲料，提高了经济效益。探索环境保护与效益增值相结合的新路径，使得珠江啤酒厂成为全国第一家无污染的啤酒厂。

探索防治规划之路

时光对每个时代都有着独特的意义。改革开放对每一个中国人的意义，就好像是在灰土布上涂抹上色彩，在死气沉沉的经济血液中，注入了一剂"强心针"。

广州市的环保建设工作，也正是在经历了改革开放初期的混乱无序，到坚决落实环境保护的一系列规定、制定完善相关法律法规这样一段坎坷之路后，探索出了一条环境保护与经济发展并重、环境效益与经济效益相互促进的成功之路。广州环境保护领导小组、广州化工厂、广州市橡胶一厂、珠江啤酒厂、大坦沙污水处理厂等，那一个个带着时代气息的名字，在不断提醒我们，广州人民在治理环境污染中所做出的努力、付出的汗水、取得的成果。这一切都将成为激励一代代环保人为改善环境而不懈努力的宝贵精神力量。

20世纪90年代，广州市工业固体废物主要为废渣、粉煤灰、炉渣、煤矸石、化工废渣等。在政府的推动下，工厂企业遵循固体废物污染防治的"减量化、资源化、无害化"原则，开始了工业固体废物综合利用。

1990年到1995年，广州市粉煤灰产生量从85万吨增加到168万吨，平均年递增14.6%。但综合利用量只有100万吨，利用率仅为59.5%，综合利用潜力很大。企业先后通过制砖、制水泥混合料、筑路等综合利用措施，"变废为宝"的同时，减少了工业固体废物污染。

滤泥方面，广州市环保办组织市煤建公司研究室、煤建公司煤制品厂等单位，联合试验研究，利用华侨糖厂的滤泥，做民用蜂窝煤固硫剂，固硫率达68.74%，明显降低蜂窝煤燃烧排放的二氧化硫浓度，并解决了滤泥堆填污染问题，找到一条以废治废、综合利用的新路子。1996年，广州市发电厂干粉煤灰袋包装及除尘综合利用工程投入运行，除尘综合利用工程将第二、第三电厂的细灰单独收集、包装，干灰成为合格的建筑市场二级灰，较好地缓解了西村地区的大气污染问题。

广州市工业固体废物处置利用率稳步提升。工业固体废物产生最大的企业是电力、热力的产生和供应业，约占全市环境问题的40%，其中粉煤灰占了废物总量的90%以上。自1998年提出"创模"以来，广州市加强了对企业的正确引导与管理，工业固体废物的处置利用率呈稳步上升趋势，2003—2005年分别是98.06%、98.29%和98.94%。

2006年广州市成功创建国家环境保护模范城市之后，为了科学规划固体污染防治工作，广州市编制完成了《广州市固体废物污染防治规划》。当时国内多位著名环境科学专家认为，这部规划是我国省会城市第一部系统、全面的固体废物污染防治规划。规划按照资源整合、全面规划、市场运作、强化管理的指导思想，对一般工业固体废物处置进行了规划，充分发挥水泥厂、建材厂和冶炼厂利用粉煤灰、冶炼废渣、炉渣等废物的技术优势，使水泥行业和建材企业成为广州市一般工业固体废物利用的主体。培育和扶持一批具有一定规模的大中型企业作为试点工程，拓展其他各种废物的资源化利用途径，并在规划近期根据区域平衡原则，选择一批具有一定实力的企业，挂牌作为广州市工业固体废物集中处置示范基地，有效提高工业固体废物资源化利用的附加值和无害化水平。

随着《广州市固体废物污染防治规划》和《广州市一般工业固体废物综合利用和处置规划》的实施，截至2015年，广州工业固体废物，产生量为463.38万吨，综合利用量为441.35万吨，粉煤灰的综合利用量最大，占全部综合利用量的44.24%。从固体废物综合利用情况看，电力、热力生产和供应业及黑色金属冶炼和压延加工业的综合利用率比较高，分别达到100%和99.76%。广州市一般工业固体废物得到了有效的综合利用和处置。

广州市的工业固体废物种类多、数量大，主要有粉煤灰、钢渣、锅炉渣（煤渣）、高炉渣、废纸类、工业粉尘、有机废水污泥、粮食及食品加工废物和其他废物。

2010年，广州市一般工业固体废物产生量达到500多万吨。

为了在促进行业发展的同时，实现对污染物排放的有效控制，市政府主要领导在市环保局《关于尽快编制重点行业专项规划及其环境影响报告书有关问题的请示》和市发改委《关于编制重点行业专项规划及相应的环境影响报告书工作计划的请示》上做出批示，其中将一般工业固体废物和危险废物两个行业专项规划及相应的环境影响报告书列入编制内容。

同时，广东省环境保护局《关于印发加强工业污染源监督管理的意见的通知》，也将一般工业固体废物综合利用或处置列入"统一规划、统一定点"方案。

规划的目标是：到2010年，全市范围内建立起一般工业固体废物信息化管理系统，实现对工业固体废物的全过程监控管理的信息化目标，纳入监管企业的覆盖率达到80%；引入生产者责任延伸制度，并得到全面贯彻，从源头减少最终放弃的废物量；通过大力发展再生资源利用行业，拓展一般工业固体废物的资源化途径，使工业固体废物处置利用率达到97%；采纳先进技术和措施以处理需要最终放弃的废物，全市工业固体废物综合管理和安全处置居于全国领先水平，广州市各地区工业固体废物综合管理和安全处置系统达到与其现代化城市要求相一致的水平。

随着《广州市一般工业固体废物综合利用和处置规划》实施，广州一般工业固体废物对环境的影响范围缩小、影响程度下降。作为广州市第一个一般工业固体废物综合利用和处置规划，规划的实施对实现广州市一般固体废物的综合利用和环保处置、促进循环经济的发展有着重要的意义。

"水更清"工程

广州市中心区河流均属珠江水系，有231条主要河涌，总长931公里，主要分布在越秀区、荔湾区、海珠区、天河区、白云区、黄埔区，其主要功能有防洪排涝、纳潮和灌溉等。

1999年开始，广州市推进建设"山水之都"，根据河涌水源、水质状况确定了以截污、清淤、补水、堤岸绿化等为整治技术路线，打响了从源头截污到末端污水处理的河涌整治战役，确定了"北建库，南建闸"和引水济涌的治理方案，分南北两片组织实施河涌整治工程。

从2002年开始，广州集中对市区内的22条河涌进行截污。2003年，广州又启动了"青山绿水，蓝天碧水"工程；同年以"水变清，岸变绿，恢复河涌自然特征"为目标，编制实施《广州市中心城区河涌水系规划》，提出以规划为龙头，全面优化河涌整治工作，对231条河涌逐一进行检查，确保整治落到实处。

2006年下半年，广州市完成了沙河涌、猎德涌、车陂涌、乌涌、黄埔涌、花地涌、大沙河等7条河涌的整治工作方案。2007年上半年，据统计，7

条重点河涌沿岸共有工业企业187家，第三产业企业（餐饮业等）52家。其中34家违法排污企业被查处，对涌边餐饮等第三产业责令限期整改，对直排污水企业做出了行政处罚。对河涌沿岸的如肥羊王、洞庭土菜馆、湘菜馆等餐饮业和一些洗车档，全部强制拆除。

亚运会前，广州完成了580项治水工程，经过治理的121条河涌水质明显改善，受到市民的好评；又因在大力推进水环境治理方面所采取的行动，获得了世界水理事会专家的高度评价，并荣获"第五届世界水论坛水治理奖"第一名。

亚运会后，广州市继续协调推进"水更清"工程。以一园（万亩果园）、两湖（海珠湖、白云湖）、五涌（荔枝湾涌、东濠涌、猎德涌、石井河、石榴岗河）为整治重点，开启了新一轮水环境整治工作，扎实推进河涌周边"散乱污"工业企业清理整治。2016年，全市共排查了490个村（居）的3493家工业企业，推进水环境管理研究信息化工作。从2013年开始，水环境信息公开工作不断完善。市环保局在广州环境保护网上公布50条（54段）河涌水质监测信息；2014年扩大发布范围，增加发布10条重点整治河涌，发布河涌总数达60条（64段）；2015年，将发布河涌范围调整为列入市实施《南粤水更清行动计划》工作方案的50条（53段）重点整治河涌；2017年1月起，将广州市环境保护网首页原有的重点整治河涌水质监测信息、长洲水质自动监测实时数据等3个栏目，整合进一个大栏目——"广州市地表水水质监测信息"，下设"饮用水水源水质状况报告""长洲水质自动监测实时数据""重点河流水质状况""地表水环境质量及变化排名""黑臭水体整治信息"等5个小栏目。

完成重点河涌"一涌一册"信息管理系统开发，基本实现南粤"水更清"51条河涌信息化管理。同时在河涌整治过程中，塑造"岭南水乡"风貌，恢复原生态，建设亲水休闲文化走廊，再现独特的水文化特色，充分体现人与自然的和谐发展，让市民充分享受治水成果。

从此，再也没有农民集体封堵工厂排水渠道的现象，流进农田的清泉，滋润着禾苗，更滋润着人们的心田。

四 土壤污染防治

危险废物、医疗废物污染防治

据20世纪90年代初统计,广州市危险废物产生量为每年183万吨,其中环境统计范围内的医疗废物约1400吨。广州环保办在1992年就已经开始关注危险废物的污染控制问题,组织了危险废物污染控制的初步调查工作,并积极与外商洽谈筹建集中处理设施;1995年在编制《广州市环境保护总体规划》的过程中,又将危险废物的污染控制作为广州市固体污染防治工作的重点,再次开展了全市危险废物污染控制状况的调查。根据调查,广州市的危险废物,一部分由企事业单位自行收集后,或综合利用,或处置、贮存,或外排(约占65%)外卖给其他单位综合利用,或外运处置,由买卖双方商议收集、运输方式。但在1996年之前,由于尚未建立管理制度,缺乏有效监督与安全保障,在环境保护意识不强、过多考虑经济因素的情况下,常发生将危险废物混入生活垃圾中丢弃,或简单填埋、简易焚烧、随意堆放,甚至偷排等污染环境行为。有的企事业单位，其产生的危险废物数量不多，虽希望能集中处置，但又苦于找不到可委托集中处置之处，也往往采取了上述污染环境的行为。有些外卖综合利用或外运处置的危险废物，由于缺乏监管，运输途中的洒漏以及最终残留物的安全处置无人管理，导致严重污染转移，污染了土壤、水体和大气，破坏了生态系统，严重危害和威胁人体健康，甚至制约了当地经济的发展。只有少部分工厂、企事业单位，能够做到自行收集处置，部分做综合利用。

自1996年实施《中华人民共和国固体废物污染环境防治法》后，1997年11月25日，广州市批准成立了固体废物管理中心，开展了危险废物的专项申报登记，并制定经营许可证管理暂行规定和联单管理暂行办法。1999年起，广州市根据国家环境保护总局等部门颁布实施的《国家危险废物名录》和《危险废物经营许可证管理办法》开始了针对危险废物的特殊管理和处置工作，实施危险废物经营许可证持证管理，对市区医疗废物进行集中焚烧处理。2000年，市固体废物管理中心得到广州市环境保护局的认可与授权，进一步规范了广州市危险废物的经营行为，严格核发危险废物经营许可证，持证企业主要业务范围，包括收集利用废矿物油、含铜废水、废溶剂和焚烧处理等。

自1998年提出"创模"以来，广州市加强了对危险废物的监管。在基本掌握了危险废物的产生、流向和处置情况的基础上，广州市建立了危险废物数据库，进一步强化了危险废物经营单位的日常监管监理能力。

2003年，广州市全面实现了危险废物零排放。

截至2015年，广州市工业危险废物产生量为50.52万吨，其中危险废物产生最大的计算机、通信和其他电子设备制造业占25.79%；黑色金属冶炼和压延加工业占22.01%；造纸和纸制品业占13.85%；石油加工、炼焦和核燃料加工业占11.99%；橡胶和塑料制品业占9.42%；其他行业占16.94%。

广州市工业危险废物综合利用量为19.86万吨，处置量30.66万吨，处置利用率100%。综合利用能力最强的是计算机、通信和其他电子设备制造业。

根据国务院《危险废物经营许可证管理办法》和《广东省固体废物污染环境防治条例》有关规定，为做好危险废物经营许可证的申领工作，2004年，广州市发布了《关于申请危险废物经营许可证有关问题的通知》。

2005年10月，共有18家企业单位成为广州市第一批持有危险废物经营许可证的单位。根据有关规定，危险废物经营许可证持有单位，每年均需按规定提交上一年度危险废物经营活动情况给广州市环保部门初审，在有效经营期间没有出现环保违法违规行为和重大环境污染与生态破坏事故，方可向广东省环境保护厅申请换领。

截至2015年底，广州市范围内共有20家危险废物持证经营企业，其中18家向广东省环保厅申领了危险废物经营许可证，1家（广东生活环境无害化处理中心）向广州市环保局申领了收集处置医疗废物的危险废物经营许可证，1家（广州市汇龙废矿物油回收服务中心）向广州市白云区环保局申领了危险废物经营许可证。

2006年2月,为贯彻实施新修订的《中华人民共和国固体废物污染防治法》,加强对危险废物和严控废物的管理,落实《广东省环境保护条例》和《广东省固体废物污染环境防治条例》,根据省环保局《关于开展广东省危险废物和严控废物产生源普查工作的通知》的要求,结合广州市创建国家环境保护模范城市目标,广州在全市开展危险废物和严控废物产生源普查。2007年,广州市顺利完成了危险废物和严控废物产生源普查工作,基本摸清了全市产废情况;开展并完成了全市工业危险废物申请登记试点工作及重点行业工业废物产生源专项调查工作;进一步加强了对危险废物从生产到处理的全过程监管,确保危险废物得到规范处理。

全市共调查企事业单位3031家,并对放射源和射线装置进行申报登记。

调查显示,广州工业固体废物的产生量为632.30万吨,其中危险废物的产生量为18.43万吨,综合利用量共605.46万吨,另有放射源与射线装置单位537家,各类放射源1348枚,射线装置1354台。对危险废物转移申报的审批迅速及时,转移联单数量达2.5万多份,其中医疗废物转移联单1.3万多份,完成审批2323宗。

2011年,在开展危险废物源普查的基础上,广州市建立了全市固体废物和危险废物数据库,把产生危险废物的重点污染源及25家危险废物生产经营单位作为重点监管对象,实现对重点废物生产单位、危险废物经营单位、敏感地域、敏感行业监管工作的常态化、制度化,从固体废物生产到处理,实行全过程监管,确保固体废物得到规范处理,医疗废物、危险废物处置率达到100%。严格管控进口废物加工经营行为,防止企业违法经营和"洋垃圾"

流入广州。

2013年起，广州市环境保护局启用广州市固体废物CIS管理信息系统，通过信息化手段实现了企业信息管理、固体废物申报登记、危险废物等各类废物电子台账、电子联单等业务信息化管理。通过不断推广及优化，该系统发挥了良好作用，减少了纸质化管理的不便和风险，规范了危险废物转移联单等管理，提高了区、县环保局信息化水平。

2014年7月，广州市环境保护局颁布实施《广州市环境保护局危险废物鉴别工作管理办法》（以下简称《办法》）。《办法》根据相关法规要求，结合广州市实际情况，对危险废物鉴别管理工作，提出建立受理、现场核查、专家评议、特性检测、审议判定的工作机制。《办法》实施效果良好，进一步规范了广州市危险废物鉴别工作，提高了危险废物规范化管理水平。

随着医疗制度的不断完善和人们自我保健意识的提高，医疗垃圾的产生量也在不断增加。广州的部属、省属医院已经在1997年底实现了医疗垃圾的集中处理。但是在1998年之前，广州市属医院还没有统一的医疗垃圾处理方式，当时广州市区医院日产医疗垃圾24～26吨，医院的医疗垃圾几乎处于失控状态，部分医院将医疗垃圾混入生活垃圾中填埋，少部分医院将其承包给个体户，给城市的环境卫生带来了极大隐患。极少数自建垃圾焚烧炉的医院，也因处理不当，造成二次污染，引起附近居民的强烈不满。

1998年开始，广州市在全市推行医疗废物集中焚烧处置。

1999年10月，市卫生局和市环保局联合印发《关于广州市医疗垃圾集中处置的通知》，要求各医疗单位，把产生的医疗垃圾废物统一送到医疗废物集中处置单位——广东生活环境无害化处理中心处置。经过几年的努力，广州市实现了医疗废物100%集中无害化处置的目标，解决了医疗废物分散处置带来的污染问题和任人偷排问题，彻底解决了全市医疗垃圾因分散处理带来的问题。

2001年6月，《广州市固体废物污染环境防治规定》出台，第十四条明确规定："医院临床废物和科研单位产生的携带病原体废物，应当在市、县级人民政府统一安排集中处置的设施、场所进行焚烧。禁止将其混入非危险固体废物填埋或者焚烧。"医疗垃圾的处理走上了法制化和规范化的道路。

2006年，广州市首次编制了固体废物处理的专项规划《广州市固体废物污染防治规划》，融入开展医疗废物产生源普查工作，严肃查处违法收集、贮存、运输、转移、处置医疗废物的行为。

2014年，广州市政府出台《广州市医疗废物管理若干规定》，针对广州医疗废物管理的薄弱环节和无害处置存在的问题进行制度设计，解决广州市医疗废物监管难题。当年全市处置医疗垃圾2.02万吨，全市医疗废物集中处置率达100%。

辐射污染防治

广州市辐射污染防治工作起步较早，从1987年起广州市环保办先后对黄埔区、白云区以及花都区的放射性废物进行了安全性处置。2001年，广州市成功处置了广州市近郊土壤污染类历史遗留环境问题，之后还陆续处理一些小规模的项目，均未发生安全事故。

2003年《中华人民共和国放射性污染防治法》（以下简称《放射性污染防治法》）出台后，辐射污染防治工作逐步得到加强。2005年10月，根据市政府职能调整，市环保局正式成为广州市核与辐射安全主管部门，设立辐射环境监督管理处，广州市陆续开展了清查放射源环保专项行动和放射源申报登记工作，规范了核技术应用项目审批和验收，编制了《广州市核与辐射事故应急预案》，妥善处理了番禺卡源应急处理事件，维护了广州市辐射环境安全。

20世纪90年代，广州市放射性固体废弃物主要是在生产活动中产生的，其中一部分是以人工放射性核素污染为主的固体废弃物，另一部分为天然放射性固体废弃物。

广州市的人工放射性核素主要来自北京、上海等地和反应装置产生的各种核素，由应用单位订货使用。天然废弃物主要来自冶炼放射性矿砂的有关工厂，珠江冶炼厂、广州冶炼厂等工厂在冶炼过程中所产生的最终放射性固体废弃物含量较大，如珠江冶炼厂，年产量约为19吨之多。这部分废弃物，不但放射性强度大，而且半衰期长，因此对这类放射性固体废弃物的管理处置非常重要。

20世纪90年代初，广州市放射性固体废弃物的处置，主要问题是缺乏统一管理，缺乏处置的法规、措施与规划。市环保部门调查了广州市30个单位放射性固体废弃物的处置情况，调查情况表明：大部分单位按照有关规定统一收集各单位产生的放射性废弃物（包括固体或液体废弃物）集中处置，但也有单位对放射性固体废弃物处置不够重视，处置不当。

2001年，因城市发展东进需要，必须把郊区的土壤污染物进行易地搬迁处置。广州市成立了由市政府领导担任组长的广州郊区某土壤污染处置的工程项目领导小组，市环保局和广州市固体废物管理中心按照国家的相关要求，对污染场地进行细致调查和方案比对，对污染物的位置预测准确，确定了妥善的处理方案，对所有的污染点污染物进行清挖，并安全运送至永久性处置场所埋藏处置，其间无任何事故。2002年3月，污染废物得到了彻底的清理，该地区环境空气和土壤中的放射性水平达到了国家规定的要求，可作为无限制开放场址使用。市环保局在短时间内有效、准确无误地将原填埋场的污染废物安全转移到能永久处置的地方，得到了有关专家的一致认可、赞同。这是当时广东省最大的同类污染处置工程，对我国固体废物环境污染处置具有借鉴和示范性意义。

随着《放射性污染防治法》和《放射性同位素与射线装置安全和防护条例》的颁布实施，放射性污染防治工作，正式步入法制化轨道，广州市环保局根据法律法规要求，开展了一系列的专项行动。

根据《放射性污染防治法》及《关于开展"清查放射源，让百姓放心"专项行动的通知》，2004年，广州市开展整治违法排污企业、清查放射源行动，进行现场检查，严肃查处违法企业，推动了广州市创建国家环境保护模范城市工作。专项行动于2004年11月圆满完成。

2006年11月，广州市环保局以"属地管理"和"行业管理"为原则，在全市开展辐射环境安全专项检查工作。检查以广州市生产、销售、使用放射性同位素与射线装置单位进行的辐射安全自我检查为基础，全面开展辐射环境安全专项检查工作。对重点辐射污染源进行监督检查，并要求生产、销售、使用放射性同位素与射线装置的单位，开展自我检查并填写广州市辐射安全自我检查表。

通过对辐射单位的专项检查，广州市环保局基本掌握了广州市核技术应用单位的辐射安全状况，全面提高对放射性同位素与射线装置的安全监督管理，方便管理部门依法管理，实现放射性同位素与射线装置的生产、销售、使用等各个环节安全监管法制化、有序化和规范化。其后，广州市环境保护部门又下发了《关于进一步加强辐射环境安全管理的通知》，要求各区进一步加大辐射环境安全监管力度。

2004年，广州市在全市范围内启动放射源申报登记工作。

2005年10月，根据市政府职能调整，市环保局正式成立广州市核与辐射安全主管部门，设立辐射环境监督管理处，放射源的管理工作由原来的以卫生部门为主的多部门分散管理转为由环境保护行政主管部门实施统一的监督管理，放射源的管理迈上了新的台阶。

根据《放射性污染防治法》和《关于放射源安全监管部门职责分工的通知》要求，2006年4月，广州市举办了环保系统环境辐射管理培训班，全面铺开了全市范围内的放射性同位素与射线装置的申报登记工作，各区也于

2006年完成申报登记工作。

放射源申报登记工作的完成，方便管理部门掌握广州市的涉源单位情况，为全面核实换发放射源安全许可证，实施放射源分类身份管理，建立放射源管理动态档案和数据库，彻底清除放射源造成的安全隐患，打下了坚实的基础。

放射源申报登记工作完成后，2007年1月，根据国务院《放射性同位素与射线装置安全和防护条例》规定，辐射安全许可证由省环保局负责审批颁发。根据广州市的实际情况，市环保局规范了辐射安全许可证的初审。

2007年广州市开展《广州市核与辐射事故应急预案》的修订工作，同年4月，经省环保局核发，广州市共有141个企事业单位获得辐射安全许可证。辐射安全许可证的核发，对广州市结合本行政区域放射性同位素、射线装置的安全和防护工作实施监督管理，起到了重要作用。

2008年6月，广州市环境保护部门根据国家相关法律和省环保局《关于明确我省核技术应用项目审批相关事项的通知》，依法依规开展核技术应用项目审批事项工作，规范放射源与射线装置管理，确保辐射环境安全，制定了广州市核技术应用项目审批和验收的要求，使广州市核技术应用项目审批和验收工作有了新的流程。

2008年12月，环保部修改《放射性同位素与射线装置安全许可管理办法》，规范了放射性同位素与射线装置的管理。

2011年3月又制定《放射性同位素与射线装置安全和防护管理办法》，加强了放射性同位素与射线装置的安全和防护管理，保障环境安全和人员健康。

广州市根据《放射性同位素与射线装置安全许可管理办法》的有关规定，编制了《放射性同位素与射线装置安全和防护年度评估报告编写提纲》，规范了需要编写评估报告的单位，并要求相关单位每年1月31日前提交上一年度的评估报告。

2013年，为使《广州市核与辐射事故应急预案》更具有针对性和可操作性，提高应对核与辐射事故应急能力，最大限度地防止和减轻核与辐射事故的危害，保障公众生命健康，维护环境安全和社会稳定，市环保局开展了该预案的修订工作。

预案修订后于2014年7月印发，修订后的预案有较大改动：一是按照有关规定和广州市的实际对辐射事故的分级给予相应的调整；二是将原来核与辐射事故中对各职能部门工作进行职责分工，修改成各应急组工作职责分工，并要求各相关职能部门根据职责分工制定部门子预案；三是对事故的响应程序给予进一步的细化。

2014年12月，市环保局按照新预案的要求，在从化市广州丰力橡胶轮胎有限公司组织了核与辐射突发事件应急演练，演练主要内容为熟悉《广州市核与辐射事故应急预案》流程、职责，加强核与辐射事故应急现场处置配合沟通、进一步明确现场处置程序，熟悉现场处置措施。演练后，参演单位部门及时进行了总结，为广州市核与辐射突发事件应对提供了宝贵经验。

2016年8月，广州市环境保护局印发《建设项目环境影响评价分类管理名录中免于编制环境影响评价文件的核技术利用项目有关事项的通知》，规定广州市不需要编制环境影响评价文件的核技术利用项目的范围，以及核技术利用单位辐射安全许可证的申报要求。

2016年11月，市环保局在广州市废弃物安全处置中心组织了核与辐射突发事件应急演练。演练情景设计为广州市某核技术利用单位丢失一枚钴-60放射源，市环保局接到报告后立即启动应急方案，展开应急响应行动。演练按照实际救援要求，采取实操演练、边演边讲解的方式，在模拟事故现场，全程演练了立案侦查、追缴、现场寻找、收贮放射源等内容。通过演练，各区观摩人员和应急小组进一步熟悉了解核与辐射突发事件应急流程，熟悉了现场处置方法，了解了监察方法和监测技能，提高了核与辐射突发事件应急处置能力。

市环境监察支队根据《放射性同位素与射线装置安全许可管理办法》的要求，于2008年3月至4月，开展了对使用放射性同位素与射线装置单位的检查，支队对30家市管企业进行了调查，其中27家拥有放射性同位素与射线装置，15家已完备手续（即办理了环境影响评价及配套环保设施的验收手续，并领取了放射性同位素与射线装置辐射安全许可证）。

2010年8月，广州市环保局按照省环保厅《关于加强亚运会期间放射源安全监管工作的通知》中有关加强辐射安全防护的要求，印发《关于加强放射源和射线装置项目辐射安全防护管理工作的通知》，全力保障亚运会期间和日常辐射环境安全。

在亚运会开始前，市环保局完成了对亚运会广州赛区竞赛场馆、非竞赛场馆、训练场馆以及接待酒店共162个重点目标的辐射环境调查监测。结果表明，广州市区域辐射环境质量和所有亚运场馆辐射环境均处于正常安全水平；完成了重点放射源库视频监控设施建设、放射源点位监控电子标签安装及珠江广州河段5个国控断面河水放射性环境质量监测。在全省率先实现由辐射源监督性监测，扩展到区域水和大气辐射环境监测，实现了对90%以上辐射源的电子巡察和动态管理，为亚运会的顺利进行保驾护航，以实际行动为亚运会的成功举办，贡献一份力量。

补齐土壤污染防治立法短板

进入21世纪，按照国家有关法律，工业垃圾与生活垃圾必须分开处理，生活垃圾只须一般的填埋即可，而工业固体废物主要以焚烧和填埋为主，而且填埋前需要预处理以及配置其他配套系统，如污水处理。而广州市由于没有专门的工业废物处理中心，只能把工业垃圾和生活垃圾一起处理。

2002年，经市政府批准，广州市废弃物安全处置中心一期工程由广州市废弃物管理中心作为业主负责项目建设，并于2013年根据市编委关于事业单位分类改革方案的批复，由广州市环境保护技术设备公司负责实际运营。处置中心占地0.3平方米，设计总填埋量为86万立方米，位于广州市白云区钟落潭镇良田村东侧的山谷中，北近良田村与钟落潭镇交界处，西距京港澳高速约200米，南距良沙路约1500米，距广从一级公路约2500米，主要从事包括危险废物收集、运输、调配、储存、处理和最终安全填埋处置等的全程服务，分三级建设。

2001年，广州市发改委批复了广州市废弃物安全处置中心的立项。作为珠江流域污染治理的子项目，广州市废弃物安全处置中心被列入2003—2005年世界银行贷款备选项目，同时被列为广东省十大民心工程中的重点环保工程。

2003年10月，因使用世界银行贷款，项目由国家发改委重新批准立项。

2004年经市政府同意，项目采用代建模式进行建设。

2009年，项目开始施工建设。

2011年底，项目一期工程完成主体工程建设。

2012年10月30日，广州首座综合处置废弃物的市政基础设施——广州市废弃物安全处置中心，举行一期工程投运仪式。

2016年，处置中心项目一期工程建设了危险废物总收集处置能力为年4.5万吨的主体工程，以及其配套的公用辅助工程、环保工程等。主体工程包括物理化学车间、稳定化（固化）车间、安全填埋场一期工程、危险废物暂存库等。公用辅助工程包括办公楼、职工宿舍、职工食堂、供电工程、给水工程、排水工程、雨水集排系统及自动化控制设施等。环保工程包括一体化生化处理系统、生活污水生化处理设施、人工湿地处理系统、脉冲袋式除尘器、静电油烟净化器及各类污水储存池等。

土壤中的辐射污染物，一般人平时看不见，摸不着，觉得离自己很远，不易引起关注。所以，这方面的治理与防治也并不被大多数人所认识和了解。这其中包括：1.土壤污染的现状与防治；2.土壤辐射污染的状况与防治。这些方面都需要有关领导和部门进行大量深入的调查研究，才能做出决策和实施方案。

20世纪90年代，随着土壤污染问题逐渐显现，广州市环保部门自行开展了一系列土壤修复和土壤环境调查研究工作，广州因此成为全国较早开展这一研究的城市。

2005年，经调查逐步摸清了广州市土壤环境的质量状况，开展了包括广氮、广钢、广纸、金融城、电镀厂等在内的地块修复。2016年，随着国家《土壤污染防治行动计划》、省工作方案的颁布和市工作方案的编制，广州市开展了对43个重点地块场地环境调查和风险评估工作，土壤污染防治工作迎来了重要的机遇和挑战。

相比于水、大气等领域的污染防治工作，广州市的土壤污染防治工作起步较晚。

1995年，广州人民化工厂1.3万吨铬渣露天堆放在东圃镇，形势相当严峻。对此，广州市政府高度重视，划拨850万元，历经5年艰辛，终将此"万吨定时炸弹"清除。

这是广州市第一个污染地块修复工程，也是世界首次实现了工业铬渣彻底除毒及资源化利用。地块修复完成后，经过广东省环境监测部门连续8年的监测，各项修复指标全部稳定达标。

21世纪初期，全国发生了数起工业场地污染事故，土壤污染修复开始受到重视。

国务院在2005年发布了《国务院关于落实科学发展观加强环境保护的决定》，明确要求"以防治土壤污染为重点，加强农村环境保护"。

根据原国家环保总局办公厅2005年4月印发的《关于开展土壤环境质量调查监测试点工作的通知》要求，广州市作为国家4个试点城市之一，在全市开展农田土壤质量调查监测工作。由此，国家环保总局正式拉开了2005年土壤污染综合整治工作的序幕。按国家环保总局的要求，各地、市在当年布置开展全国土壤环境质量摸查工作，广州市对全市土壤环境质量进行了一次较大规模的调查。

调查结果显示，广州市土壤环境质量存在与国内许多经济较发达城市一样的问题：土壤普查样品重金属超标较严重。其中，以镉超标最严重。其余依次是锌、铜、砷、镍和铅等。

2005年广州进行了全市土壤环境质量调查之后，环境保护部在2008年印发了《关于加强土壤污染防治工作的意见》等规范性文件。2012年11月，环境保护部与国土资源部等四部委，联合印发了《关于保障工业企业场地再开发利用环境安全的通知》，对工业场地再开发利用的土壤调查、评估和修复等提出了较具体的要求，构成了当时对广州市土壤环境保护的主要依据。

根据国家及省环保部门的要求和全市环境污染调查的情况，广州市制定了《广州市重金属污染防治规划》和《广州市重金属污染源综合整治工作方案》，将土壤污染调查及治理修复作为重要内容纳入其中，土壤污染防治逐步走上正轨。规划和工作方案颁布后，番禺、南沙等区的土壤环境监测能力建设和土壤修复示范项目得到了有效推进。

2014年，广州市土壤环境监测能力得到了大幅提升，开展污染源及周边水、气和土壤环境监测的能力得到了加强。同时，广州市根据方案的要求积极开展土壤环境质量调查监测，以准确掌握重点区域的土壤质量状况，确保粮食作物安全。

2012年，广州市对白云区农田土壤重金属污染状况进行详细的调查，对该区粮食、蔬菜、果树等耕地布设监测点76个，其中按4×4公里的基本网络单元布设普查监测点51个，在特殊区域布设加密监测点5个。调查监测项目为土壤中镉、铅、砷、镍、铜、锌、铬、pH值、阳离子交换量等共10项指标。

按国家环保总局《关于切实做好企业搬迁过程中环境污染防治工作的通知》和环境保护部《关于加强土壤污染防治工作的意见》的要求，广州市开展了新一轮工业企业遗留污染场地的调查与修复工作。

广氮地块位于广州市天河区，主要车间、建筑及其他功能区有：仓库区、硫铁矿仓、矿堆场、煤场、重油库、原料车间、造气车间、空分车间、油化气车间、合成车间、尿素车间、碳酸铵车间、硫酸车间、动力车间、供水车间和含酸废水处理区等。

2000年，广州氮肥厂正式停产，原厂区地块移交广州市土地开发中心，并规划为居住用地。广州市土地开发中心先后委托中山大学、广东省生态环境与土壤研究所进行了土壤污染情况调查。

2005年12月至2006年5月，广州市环境监测站和中山大学环境科学与工程学院完成了《广氮地块土壤、地下水环境质量调查报告》，但鉴于第一次对原广氮地块土壤进行污染调查时，只把8个重金属元素和多环芳烃、石油烃总量作为土壤污染的指标体系，同时没有进一步在污染点周围加密采样，测算的土壤污染面积和土方量过大，因此需要在污染点周围继续加密布点，最终确定污染面积和修复的土方量。

2009年，广东省生态环境与土壤研究所对原广氮厂区内的土壤环境质量现状进行补充调查，编制了《广氮地块土壤污染状况补充调查报告》，土壤污染采用玻璃化方法进行异位修复，做到修复后无污染残留物、无污染转移，以彻底解决广氮地块土壤污染问题。

2010—2011年，广东省生态环境与土壤研究所按照《广氮地块土壤污染修复方案》，对广氮地块的污染进行了修复工作，主要包括：破碎混凝土地面，清除地表建筑垃圾及剩余混凝土；污染土壤挖掘；运输污染土壤至广州市越堡水泥有限公司；水泥窑高温焚烧处理污染土壤。土壤修复工作进行后，经测定分析，所采土壤样品中多环芳烃的含量低于环保标准所规定的最高限值，广氮地块的修复成为国内解决污染土地修复问题的成功范例。

广州钢铁厂地块位于广州市荔湾区。2011年，广钢集团与宝钢集团重组，广钢基地关停搬出市区，空出1.68平方千米土地，也就是白鹤洞地块，分为南区和北区两部分。到2016年，北区地块已经出让完毕，南区还没有出让。

2013年12月,广钢委托广东省生态环境和土壤研究所编制了《广钢集团白鹤洞地块(北区)土壤状况调查及修复方案》。

调查结果显示,广钢地块受污染土壤须修复,其中北区量最大,污染土壤量占总量的三分之二。北区土壤中超标的重金属污染物有铅、硒、锌、砷、铜、铬等8种。其中铅、硒、锌超标较高。为高标准修复广钢地块,广州市组织全国知名专家对广钢白鹤洞地块土壤修复方式进行反复论证,最终决定采取"原地异位"的修复方式,即将污染土壤从污染地域按相关要求清运到指定堆放场地后,集中进行修复。

为防止出现二次污染,广钢集团在白鹤洞地块南区建设了亚洲最大跨度存放污染土壤的膜结构大棚。2014年11月已将白鹤地块(北区)的所有污染土壤,按照方案要求清挖、运输、暂存至该膜结构大棚。广钢白鹤洞地块(北区)经过清挖的基坑和基壁,土壤符合相关环保要求。到2016年底,广钢地块修复工作接近完成。

广州国际金融城的总面积达7.5平方千米,核心区总面积2.3平方千米,包括起步区和西核心区两部分。

起步区北至黄埔大道,南至临江大道,东至车陂路,西至科韵路,面积1.1平方千米;西核心区北至花城大道,南至临江大道,东至员村四横路,西至员村大道,面积1.2平方千米。

广州金融城的起步区和西核心区内包含了多个"退二进三"的旧厂房用地,包括鹰金钱罐头厂、澳联玻璃厂、南方面粉厂、绢麻厂、广州电池厂、昊天化工厂和员村热电厂等，需要进行土壤修复的有昊天化工厂、广州电池厂和员村热电厂等3个土壤污染地块。

2014年3月，金融城范围内的3个地块土壤修复工作开始公开招标，招标总价格超过2500万元，最长修复时间超过210天。2015年5月，广州市重点公共建设项目管理办公室已按照环境影响评价报告审批文件，完成了地块的土壤修复和环评验收阶段。

2016年，广州市国际金融城8个项目均顺利开工，其中位于广州市天河区黄埔大道与科韵路交会处的一栋金色大楼格外醒目，宣示着广州国际金融城即将在这里拔地而起。

2016年5月，《土壤污染防治行动计划》（简称"土十条"）正式颁布并提出：到2010年，全国土壤污染加重趋势得到初步遏制，土壤环境质量总体保持稳定，农用地和建设用地土壤环境安全得到基本保障，土壤环境风险得到基本管控。到2030年，全国土壤环境质量稳中向好，农用地和建设用地土壤环境安全得到有效保障，土壤环境风险得到全面管控。

在国家"土十条"和《广东省土壤污染防治行动计划实施方案》公布后，广州市环保局于2016年9月成立《广州市土壤污染防治行动计划工作方案》编制工作组，全面启动市工作方案的编制工作。工作小组与市直部门、局机关处室、直属单位等部门进行多次座谈、讨论，2016年底已完成二次征求意见修改稿。

市工作方案的要点为"1个基础、2个重点、3个保障、4项任务"，具体内容是：1个基础——土壤环境详细调查；2个重点——农用地分类管理、建设用地准入管理；3个保障——管理制度与严格执法、科技支撑与产业发展、污染共治与目标考核；4项任务——强制调查评估、分区管理、源头监管、治理修复。这是广州市土壤污染防治工作的顶层设计，具体实施措施将报市政府审议后向社会公布。

2016年，广州市已筛选并开展了50个位于市中心区的"退二"工业企业原址场地环境排查、完成了7个污染地块的治理修复工作。

根据工作进展情况，广州还将扩大摸查范围，进一步掌握重点行业企业用地中的污染地块分布及其环境风险情况：一是土壤环境质量调查与评估，编制广州市土壤环境质量调查与评估报告，评估分析土壤的环境风险，并建立广州市土壤环境质量档案，为广州市土壤环境质量管理提供技术支撑。二是开展在产的重点行业企业用地土壤污染调查工作。重点确定初步采样调查企业清单，开展重点行业企业地块初步采样分析，同时在调查采样基础上开展土壤污染风险评估，提出污染地块清单及确定优先管理名录，并提出风险管控措施及对策。三是研究制定《广州市土壤污染治理与修复规划》，进一步梳理土壤污染治理与修复地块清单，明确重点任务、责任单位和分年度实施计划，提出广州市土壤污染治理与修复工作目标、重点任务及项目库。同时，选择1~2个典型区域开展土壤污染成因分析工作，初步分析土壤污染来源。四是开展重点行业关闭搬迁企业地块环境排查，计划在2019年底前，掌握潜在污染地块及其环境风险情况。

五 绿水青山的守护者

白云的笑容,圆了白云山的梦。

金山银山,不如绿水青山。随着广州城市空气质量的逐步改善,越来越多的"广州蓝"得以与广州的老百姓见面。告别灰霾污染、生活在蓝天下,已经从一种梦想成为触手可及的现实,这一切均来源于广州环保人的心血与汗水。不同年代的环保人,都在自己平凡的岗位上,创造不平凡的业绩,作为广州环保系统这部大机器上的螺丝钉,每一颗都有着不可替代的作用。

一线环保人

人们都称赞他们是一支特别能战斗、特别能攻坚、特别能奉献的队伍。

他们,就是广州市生态环境局的环保人,人们称他们是环保工作的"定海神针"。从创建国家卫生城市到国家环保模范城市的创建,再到亚运会保障工作，每一场大型活动的背后，都有他们默默无私的奉献、恪尽职守的守护。

从一个个污染项目的清退整治，到一个个污染企业的清拆处理，再到一个个投诉案件的解决办理，哪里有污染，哪里就有他们紧张忙碌、兢兢业业的身影。

从当年"革委会"的环保办到后来的环境保护局，再到如今的生态环境局，在党的坚强领导下，广州市环保人走过了40多年的风风雨雨，从初生婴儿成长为顶天立地的环保卫士，为广州乃至广东的经济发展与生态环境保护做出了巨大的贡献。

起草有关地方性法规、规章草案；负责编制环境功能区划，拟订全市环境保护规划并组织实施；负责环境污染防治的监督管理；组织、指导并协调排污费的征收、管理和使用，会同有关部门编制环境保护专项资金预算并组织实施；承担从源头上预防、控制环境污染和环境破坏的责任；受市政府委托制定年度环境保护目标，并协调区、县（市）有关部门组织实施……如今，广州市环保部门的职责，已经涵盖经济社会的方方面面，与国民经济发展有着千丝万缕的关系。特别是当前环境问题日益严峻的情况下，广州市环保部门更是肩负着全市人民改善环境质量的重任。

"我们是切身经历并感受到了广州市环境保护事业的发展。20世纪七八十年代的时候，环保只是政府内设机构，职能有限，主要的工作就是收收排污费、做做环保宣传，对企业的监督也十分有限，人们在很长一段时间里，认为环保就是扫大街或者清理垃圾的。"从事了30多年环保工作的何湛、张惠忠等同志感慨地说。

作为第一批环保人,他们经历了环保战线最艰辛的起步阶段。何湛说:"那时候还是在地下室办公,笔记本都是自己用草稿纸装订的,没有信封,就把挂历扯下来自己糊。"

21世纪以来,随着环境问题不断凸显,公民环保意识不断觉醒,群众的环境诉求日益提高。

面对新时期新情况,党和政府及时调整思路,把环保列入执政的重要内容之一,进一步提升环保职能,健全环保队伍。曾任环保局巡视员的何榕友说:"环保办最初的时候,只有3名工作人员,如今整个环保队伍已经遍布全市,这足以说明党和政府对环保工作的重视。"他说,正是在党和政府的关心与支持下,广州环保系统才得以茁壮成长,在环境保护工作上发挥了越来越大的作用。

事实也证明,广州市环保部门没有辜负党和人民的期望。2012年以来,全国各大城市饱受雾霾困扰,广州市的空气质量水平却长期保持较为优秀的水平,"广州蓝"更是得到了公众的广泛认可。

2020年,广州市空气质量优良天数比例为90.4%,$PM_{2.5}$平均浓度为23微克/立方米,完成省下达任务,同时取得5个历史性突破。一是空气质量优良天数比例首次超90%。二是空气质量首次全面达标。三是$PM_{2.5}$指标再创新低、连续4年稳定达标;相比2013年,平均浓度由53微克/立方米下降至23微克/立方米、超标天数由79天减少至0天。四是二氧化氮首次达标;相比2013年,平均浓度由52微克/立方米下降至36微克/立方米,超标天数由43天减少至4天。五是$PM_{2.5}$指标、空气质量优良天数比例和综合指数在9个国家中心城市中均为最优。国内主要媒体进行了宣传报道，中国政府网（英文版）向国际社会发布了相关消息。

每个成绩的取得，每项环保工作的圆满完成，都离不开党员干部的无私奉献，这是毫无疑问的。

简鉴阳，历任广州市环境保护局办公室副主任、污染防治处处长，在统筹广州亚运会、亚残运会环境保障和全市空气、水、噪声、重金属等方面污染防治工作中，始终以高度的使命感、责任感投入工作，立足岗位，任劳任怨，率先垂范，为亚运会环境质量保障做出了重要贡献，并在后亚运时期为进一步深化"天更蓝"、"水更清"、持续提升城市环境质量不懈努力，充分发挥了先锋模范作用。

陈煜辉，时任广州市环境监测中心站现场监测室主任，多年来他带领科室全体员工，不断增强廉洁为公、服务为民的思想认识，牢筑拒腐防变的思想道德防线；进一步完善廉政监督机制，采取"回邮信封"的方式，切实推行《现场监测廉政承诺书》制度，使监督体系持续有效。多家被监测的企业写来感谢信："现场监测人员没有休息日，再苦再累也'不吃企业一口饭，不喝企业一口水'。这种精神感动了企业的员工。"陈煜辉正是凭借规范的管理打造出了一支服务优质、形象良好、规范守法的现场监测队伍。

吴荣生，时任广州市环保局执法监察支队科级干部，仅2007年一年，其参与查处环境违法案件达75宗、建议处罚金额347.5万元，占全科135宗、616

万元的二分之一，而全科又占全队265宗、1213万元的二分之一，被时任市领导戏称为"一半的一半"，是全局名副其实的骨干。

领导带头，党员争先。在多年的实践斗争中，广州环保人团结一心、奋勇向上，最终打造出一支爱岗敬业、思想好、水平高、作风硬的环保队伍。

其实，大多数的环保人，是平凡的。

平凡的人，干着不凡的事情，平凡的事情中，又透出了一种不平凡的精神。

为了广州环保人能更好地以荣誉感、成就感来持续环保事业，市环保局设立了环保"六·五"奖，对评选出的环保项目、代表团队及个人进行精神表彰。

从2013年开始，环保"六·五"奖成为每年一度的环保系统内部表彰奖项。应该说，每一个努力奉献的广州环保人，都有希望得到提名和表彰。

张小群，时任广州市环保局办公室副调研员。她在环保系统工作已有30多年，经历了八任市环保局领导班子，看到了广大市民对环保工作从一无所知，到逐渐熟知和积极参与，也看到了环保事业的日益改善和蓬勃发展。她从打字员到保密员、机要员，在工作中不怕苦、不畏难，忠于职守，高质量完成工作任务。2005年12月18日晚上9点多，张小群接到市委办公厅的电话，就韶关北江污染事故一事，要求时任环保局局长的丁红都局长立即到市委机要局看文件。张小群接到电话后，马上通知了丁局长和办公室主任，使上级精神及时送达，市环保局工作能立刻展开。在这一过程中，张小群没有考虑个人的利益，没有考虑是不是过了下班时间，会不会影响自己的休息，更没有想有没有加班费的事情，而是从大局出发，去努力做好本职工作。也因此，张小群获得了2013年首次广州市环保局"六·五"奖的"最佳奉献奖"。

除了兢兢业业、恪尽职守的老环保人，刚进来的新环保人也是评选表彰对象。陈慧敏，当时为市环保局法规处雇员，2012年7月入职后，一直努力认真工作，做好收发文件整理、费用核销等后勤保障，协助处理环境违法案件；并自2013年起每月统计、分析全市环境法制工作数据；另外还要兼顾日常公文写作、商事登记制度改革、权责清单梳理等，工作任务重、杂事多、范围广，但她仍能按时保质完成。因此她荣获了2013年度的"最佳新人奖"。这也从侧面反映出，"六·五"奖是为每一个广州环保人而设，不会因为资历深浅、级别高低、正编临编等而有所区别，每一个平凡环保人，都可以通过在平凡岗位上做出不平凡环保事情而获得认同与表彰。

其实，对于默默奉献的环保人来说，只有一小部分人能入选广州环保"六·五"奖的环保个人、团队和项目。奖项的背后，其实还有很多很多广州环保人的故事。

广州环保"六·五"奖，从2013年首次设立以来，一直都在奖项设置上花费心思，如"区（县）优秀环保工作范例奖""最佳服务奖""最佳工作目标完成奖""最佳组织协调奖""最佳社会反应奖""最佳合作奖""最佳公文奖""最佳新人奖"和"最佳奉献新人奖"等。2015年度第三届的奖项设置，又做了相应调整，增设了如"最佳依法行政奖""最佳改革创新奖"等。不管奖项名称如何变化，都是为了更好地凸显奖项背后广州环保人的耕耘与努力。每一年度都会有不同的环保个人、团队或环保项目入选提名和获奖。这种精神表彰，将一直激发广州环保人的荣誉感与成就感，让大家以最大的热情来对待广州的环保事业。涓涓细流，汇成江海；步步脚印，凝成大道。每一个环保人的点滴付出，最终化为了广州的碧水蓝天！

"上管天，下管地，中间管空气。"

老百姓这句通俗的话，是对环保人的工作性质最恰如其分的形容和最高的奖赏。

曾任环保局巡视员的何榕友对此的理解是，环保要管大气的污染、要管废水的排放，还要管废物质的管理收集，又要管机动车的尾气超不超标、工地施工有没有扬尘，等等。包罗万象，面面俱到，牵涉面广，不能有任何遗漏与疏忽。

工作千头万绪，环保战线上的人，常常都是"白加黑"（白天加夜晚）、"五加二"（每周五天工作日，周六周日接着加班），而且长年累月，天天如此。

环境监察人员为了抓住偷排废气、废水的企业，经常凌晨出动，一干就是通宵达旦，为的就是保一方环境平安。他们还经常要从现场赶回中心实验室进行化验工作，因为样本采集之后，必须第一时间进行化验，才能确保监测数据的科学性和准确性。在固体废物、核应急管理方面，工作人员面对的是又脏又臭而且还具有一定危险的对象，但他们从来不叫苦、不抱怨，几十年如一日地默默奉献。

只有融入其中，才能够深刻体会，在人们眼中光鲜的职业，背后却有不为人知的辛苦与辛酸。

何榕友说："环境保护，功在当下，利在千秋。作为一名党员干部，必须有为人民服务的明确意识和坚定决心，必须有为子孙后代谋长远的精神境界。这样虽然累点、苦点，但心里安了、甜了。另外说白了，这点苦、这点累，算不了什么！"

没有华丽的辞藻，没有夸大其词的表白，这些质朴的话语，正是环保人心中最真实的写照，也是支撑他们在各个岗位上无私奉献、默默坚守的精神体现。

环保执法在路上

2015年1月4日，一个值得在广州市环保史上记下一笔的日子。作为开年的第一个工作日，广州市环保局和白云区环保局精准出击，开展打击严重环境违法行为专项行动，当天现场查封了白云区两家违法排污企业。第一家被查封的是白云区钟落潭光明村三窿的无证无牌废矿物油加工厂。

这家厂原为广州宝晨甲酯有限公司，系2015年广州市挂牌督办企业。

2014年初，根据群众举报，广州市环保部门对宝晨公司未办理相关的环保手续、违法经营废矿物油加工一案依法进行了查处。后因该公司拒不履行行政处罚决定，白云区环保局依法申请区人民法院强制执行。

法院分别于2014年6月、9月两次查封该公司生产设备。

2014年10月中旬，该公司变更经营者之后继续违法加工废矿物油。

2015年1月4日上午，环保执法人员现场检查时，该厂正在生产。鉴于该厂不具备相关资质，擅自收集、储存和处置废弃机油等危险废物，严重污染环境，环保执法人员依法现场查封了企业生产设备。

另外一家被查封的位于白云区嘉禾街长滘工业街，是一家无牌无证手表表面加工作坊。经营者为单某某，工坊内设有电镀线一条，冲床、手动冲压机、高速台式钻床等若干台。该厂未办理相关环保手续，属无牌无证、高污染作坊，生产过程中产生大量的噪声，且电镀废水、废气等污染物未经处理直接排放。

2015年1月4日上午，该厂正在生产。鉴于该厂不具备相关资质，违法排放含重金属污染物，严重污染环境，执法人员依法现场查封了生产设备。

广州市环保执法支队支队长郑则文在专项行动后接受媒体采访时表示："在新环保法实施之前要进行这样的行政处罚，没有几个月根本无法搞定。"正是这次执法，打响了新环保法施行的"第一枪"。

也正是这一"首次尝试"，为基层贯彻、执行新环保法起到了示范作用。

2015年3月13日，番禺区环保局对某制鞋厂某车间有机废气处理后排放口进行监测，发现其排放的总挥发性有机物超标2.15倍。

3月31日，番禺区环保局根据监测结果责令该厂改正，并送达了责令改正的违法行为决定书。环保部门告知该厂，按照新环保法规定，在送达责令改正违法行为决定书之日起，30日内将进行复查，复查不达标将按日计罚。

4月15日,番禺区环保局对该厂进行复查,发现其排放的废气仍然超标。4月30日,按照新环保法规定,番禺区环保局依法对该厂发出按日连续处罚决定书,对该厂4月1日起至4月15日,共15天内,拒不改正违法排放污染物的环境违法行为实施按日连续处罚,每日罚1万元,共计罚15万元。

5月5日,环保部门对该厂进行第三次检查时,发现该厂生产有机废气的喷油工序已经停产,相关设备已拆除,污染得以消除。

这是自新环保法实施以来,广州市环保系统开出的首张按日计罚罚单。

在市、区环境保护部门联合整治基础上,广州市环保局与广州市公安局认真分析研判、梳理举报信息,将番禺区东环街、沙头街珠宝首饰加工聚集区列为电镀行业重点整治区域。

2015年9月17日至18日,广州市、区两级环保、公安部门联合行动,依据新的环保法规规定,当场查封了3家企业。其中,涉及环境违法的两家企业,由公安部门立案侦查。

据广州市环保局执法监察支队统计,自环境污染犯罪司法解释及新修订的《中华人民共和国环境保护法》实施以来,截至2015年9月20日,广州市环保部门已移送公安部门涉嫌环境犯罪案件59宗,已判决5宗;公安部门破案16起,刑事拘留29人,逮捕17人。

新的环保法实施以后,公益诉讼的符合条件扩大为社会组织,符合下列条件的社会组织可以向人民法院提起诉讼:一、依法在设区的市级以上人民政府民政部门登记;二、专门从事环境保护公益活动连续5年以上且无违法记录;三、提起诉讼的社会组织,不得通过诉讼牟取经济利益。

随着诉讼主体条件进一步放宽,将会有更多的环保组织启动环境诉讼来维护公众权益,让企业为环境违法行为付出更高额的成本。

2015年1月18日,广东省首宗由社会组织提起的环境公益诉讼案,正式被广州市中院立案受理。被告是广州市天河区柯木塱一家地下电镀厂,该厂负责人焦某涉嫌伙同多人,将含有重金属的电镀废水直排,废水中镍超标6119倍。广东省环保基金会作为原告,对焦某提起环境公益诉讼。此案的诉讼请求为请求法院判令被告赔偿41.6万元,并承担污染损害评估费用和全部诉讼费用。

广东省环保基金会领导接受媒体采访时表示,除了诉讼主体制约环境公益诉讼发展外,环境污染的评估鉴定专业性强、取证难、花费大,导致环保社会组织要提起公益诉讼难度很大。为破解这一难题,早在2014年5月,广东省环境保护基金会、广州市天河区检察院、天河区环境保护局三方协商签署了《关于办理环境公益诉讼案件的实施意见》,建立起诉和支持起诉的协调联动诉讼模式。

2015年,全市共查处环境违法案件4020宗,处罚案件3420宗,责令"双停"案件1929宗;办理按日连续处罚案件7宗,查封、扣押案件138宗;实施限制生产、停产整治案件28宗;移送适用行政拘留环境违法案件9宗。

2016年2月3日,广州市环保局执法监察支队召开会议,表示在未来的工作中,将继续以环境执法为重心,继续贯彻实施好新环保法、新大气污染防治法,以改善环境质量为核心,继续推进"一书两化"(环境监测任务书、环境监管网络化、移动执法信息化），提升规范化、精细化管理水平，全面完成好各项环境监察工作任务。

环保监察不是为了罚，更不是为了关闭几家工厂和企业，而是为了把幸福还给老百姓！

把幸福还给百姓，这是他们对中国共产党的宗旨——"为人民服务"的最准确的践行。

功夫不负，"创模"成功

广州塔，广州人给它取了个很美的外号——"小蛮腰"。

"小蛮腰"，既是广州的城市地标，也是广州垂直高度最高的建筑。2012年，广州塔空气质量自动监测梯度站立项，于2013年底建成并投入使用。自从这个梯度站建立以后，广州就有了一个可以在垂直梯度上来研究不同高度层的大气污染浓度空间分布与迁移输送规律的监测数据点，得到了各界广泛关注。通过自动监测梯度站收集的数据，可以进行包括大气污染物二次转化机理，湍流扩散的分析研究，结合广州市空气质量自动监测系统的测试结果，为制定大气污染防治措施提供基础数据和坚实的科学依据。广州塔上的488米高度的空气质量自动监测梯度站是目前世界上相对高度最高的自动监测站，在环境监测科技领域产生了显著影响。

广州塔空气质量自动监测梯度站共分四层，由广州塔地面、118米、

168米和488米高度的空气质量自动监测站组成。监测项目包括二氧化硫、一氧化碳、氮氧化物、颗粒物PM_{10}和$PM_{2.5}$、臭氧，以及风速、风向、温度、湿度、气压、雨量等气象六参数，还有PM_1、激光雷达、可挥发性有机物（VOCs）、大气稳定度等研究性监测项目。目前已经接待了调研参观的各级部门、科普学习的市民、访问交流的媒体等。因此，该项目获得了2014年度"六·五"奖的"最佳社会反应奖"提名。

近几年，广州对工业、机动车、餐饮业等方面的污染控制做了大量的工作，环境空气质量一直在不断改善。但广州作为港口城市，港口船舶污染也是不可忽视的大气污染源之一。

广州市环保局前往香港、深圳调研，多次会同广州港务局、广州海事局等部门，针对港口船舶大气污染防治工作召开专题会议，研讨推进港口船舶大气污染防治工作内容。同时委托广州市环科院开展了广州船舶污染现状调查等控制对策研究。结果表明，广州每年船舶排放二氧化硫约1.3万吨、氮氧化合物3.8万吨。根据研究结果，结合广州实际，拟定了《广州市港口船舶大气污染防治工作方案》，经报市政府同意，于2015年11月27日印发实施。

工作方案共分5个时间节点，提出了至2020年，逐步推进港口船舶大气污染防治工作的目标，并提出了11个方面的重点工作，明确了每项工作的具体措施、完成时间节点、牵头单位和责任单位。工作方案是对港口船舶大气污染防治工作的创新，每条措施都有较强的可操作性。

2016年3月2日，省环保厅召开珠江口水域船舶排放控制工作会议，明确指出港口船舶大气污染防治工作，将是"十三五"期间重点工作之一。

因此，由广州市环保局机控处申报的《广州市港口船舶大气污染防治工作方案》，获得了2015年度第三届环保"六·五"奖的"最佳改革创新奖"提名。

早在2005年7月——广州"创模"的第七个年头，居住在广州的市民，突然有种异样的感觉：呼吸的空气清新了许多，连嗓子都觉得舒服很多。这月底，广州市环境监测中心站的监测显示，从1—7月，一直以来影响广州空气质量的二氧化硫浓度，达到国家二级标准，连续7个月广州空气质量达到优秀。

二氧化硫的大幅削减，大大改善了广州的环境空气质量，为老百姓带来了明显的环境福利。广州曾一度是酸雨的重灾区，当时民间流传的说法是："广州的酸雨有时比醋还酸！"而造成酸雨的主要原因就是空气中的二氧化硫浓度过高。经过广州环保人的共同努力，广州的酸雨污染逐年减轻，到了2010年，广州终于摘掉了已戴十年的"重酸雨地区"的帽子。

2006年11月18日至19日，国家"创模"考核验收组在广州深入街道、学校、商场等场所，专题调查市民对环境保护的满意率，结果表明：市民对"创模"的知晓率和对政府环保工作的满意率，均超过95%。

考核验收组在多次考核后表示："扎实的'创模'工作，不是给人看的，而是实实在在能让市民感受得到的民心工程。"

1997年来广州上大学的黄少菘女士，现在广州工作。她是这样评价广州"创模"成功后的环境的："刚来那些年，每次回到广州，我用面巾纸擦脸时，都会发现面巾纸很快变成了黑色，但是现在这种情况不见了。"她认为,空气质量的改善,受益的还是广大广州市民。

广州市民冯杰说:"我家就住在白云山脚下,吸氧就在家门口。一出门吸口气就很舒服,空气很凉爽。虽然上班有些远,但路上景色很美。2002年搬过去住的时候,我很少看得到蓝天。这几年看到蓝天的天数越来越多,而且还能经常看到白云山顶峰摩星岭。"

在广州水泥厂厂门外开了两年店铺的梁伯,对"创模"体会更深。他说,在广州水泥厂搬走以前,烟囱经常大冒黑烟,从厂里散发出的气味非常呛人。他的办公桌刚擦过就落下一层灰。外套放进洗衣机后,马上就会"把洗衣机里的水染黑"。自从2005年水泥厂搬走以后,这种现象再也不见了,他的店铺生意也好了很多。同时,环境变好了,他的心情也好很多,一年多了,"身体棒得很,什么病都没有生过"。

从2002年到2006年,通过"退二进三",广州全市退出了大片土地,建成了100多个环保生态型新社区,有几百万广州居民亲身体会到了家门口的"绿色之变"。

几年间,广州市民对环境的满意度,由44%上升到95%以上;几年间,国家园林城市、国家环保模范城市、国家卫生城市、联合国改善人居环境最佳范例奖、中国人居环境范例奖和国际花园城市等桂冠,一一在广州"落户"。

作为"千年商都",广州市中心区具有发展商贸、服务业的良好传统,已形成现代服务业中心区的雏形,实行"退二进三"的战略,盘活了土地,加快优化了产业结构，促进了产业转型升级，提升了品质，促进了中心城区产业结构和综合服务的率先发展。充分利用中心城区的独特优势和有利条件，着力发展经济和信息、金融、物流、会展等现代服务业，积极促进中心城区现代服务业集聚、集群的发展，突破现代服务业发展空间不足的制约，成为带动中心城区乃至全市现代服务业发展的增长极，为今后的发展提供了空间上的支持。

广州"创模"以来，将着眼点和着力点定位在最大限度解决人民群众关心的环境问题上，努力为市民营造"适宜创业发展，适宜生活居住"的城市环境。

经过全市人民多年的共同努力，广州市成为当前我国经济总量最大、建成区面积最大、工业企业数量最多、城市化进程最快的国家环保模范城市，为大型城市加强环境保护工作做出了榜样，做出了表率。

2008年4月14日，广州市创建国家环境保护模范城市授牌仪式及2008年环境保护工作大会在中山纪念堂隆重举行。这一天同样是一个值得让广州人铭记的日子，它不仅让广州人民体会到了收获的喜悦，更重要的是开启了向生态广州继续挺进的新征程。

公众参与的身影

环境问题是公共利益问题。公众既是环境保护的受益者，同时也是环境污染的制造者。公众参与也是推进环保事业不可或缺的有力支撑。广州市环保局把推进公众参与、普及环保理念作为重点工作，不断完善公众参与体系，培育公众环保理念，营造人人参与环保的良好社会氛围，为环保工作的顺利开展奠定了良好基础。

唯有"共治"，才能"共享"。1983年，一支1000多人的群众性环境监督队伍，开始活跃在广州市的环保舞台上。各级环保机构充分发挥主观能动性，荔湾区和越秀区的行政街道，通过健全环境保护领导小组，各居民委员会组织了环境监督小组，设立环保员，形成覆盖全领域的环境监督队伍。环保员通过协助监管，同时结合安全生产、卫生检查等各项活动，穿插进行环境保护宣传，在协助地方政府做好环境保护工作等方面，发挥了巨大作用。

进入21世纪，广州市委组织了由五套班子领导和有关部、委、办负责同志参加的环保课，专程邀请了中国科学院院士、著名环保专家，主讲了"可持续发展与广州环境问题"。

这是一次在广州市环保宣传教育史上层次最高、参加的领导最多、主题最为鲜明的学习课。

这次学习之后，广州市政府将环保宣传教育纳入各区、县（市）以及12个有关管理部门的环境保护目标，实行目标和定量管理，全市的环境保护宣传教育工作全面铺开，取得了突破性进展。与此同时，广州市环境教育领导小组正式成立，由市政府常务副市长任组长。市环保局组建了由广州地区20多家新闻单位组成的环境宣传网络；市教委成立了高等院校环境教育研究会，推进大专院校的环境教育。市环保局、市委宣传部、市教委联合拟定了

《广州市贯彻〈全国环境宣传教育行动纲要〉实施细则》,据此拟定的《广州市绿色学校(幼儿园)评审标准》也已开始实施。环境保护理念自上而下,贯穿于政府和有关部门的行政工作之中,重视程度之高、执行效果之好,让世人瞩目。

由于环保理念更加融入人心,"绿色浪潮"风起云涌,作为省会的广州,环保社团、环保志愿者组织蓬勃兴起。特别是2005年之后,广州地区的高校环保社团工作有了新的突破。中山大学、华南理工大学、广州大学等16所高校共有环保社团20个。"绿色营"、环境教育、"阳光校园"节、"环保名人系列"讨论等特色鲜明、效果显著的活动,影响广泛,并辐射到社区和中小学。

面对新时期、新情况,广州市以海纳百川的胸怀对环保社会组织善加利用、正确引导,广州环保教育中心组织各环保组织开展环保培训、活动实践培训等,并向各环保社团组织提供多种宣传资料,开展各种交流与合作,为环保工作注入新鲜血液。

举办环境教育研讨会和中学生环境征文比赛、环境科学夏令营,开展专题报道、拍摄专题宣传片,组织大型宣传活动、建立环保宣传橱窗……在环保宣传方式上,广州市百花齐放、精彩纷呈。

全市唯一的环境专业报——《珠江环境报》,获准公开出版,全国发行;开通运行广州环保微博,实现与网络群众的良性互动;推进环境质量显示屏进校园、进社区,推出空气质量平台手机版,方便群众及时了解环境状况、获取健康指引;推出广州环保12369微信公众号等。在环保宣传手段上，广州不断创新，紧跟时代步伐，让人们时时掌握环保现状。

广州市环保局政务网站更是先后获得"2012年度中国政府网站优秀奖""广东省地市环保政府网站绩效第一名""全市一类市直部门网站评估第一名""政务网站优秀奖""广东省地市环保部门优秀网站"等荣誉称号。

多年来，广州环保宣传工作紧紧围绕环保重点工作，形成绿色宣传浪潮，让环保政策深入人心，争取了广大市民的支持与理解。

在广州每一次重大活动中，人们都可以看到环保人的身影。1999年，广州创建国家卫生城市，环保有15项指标。为做好环保工作，广州从环保宣传入手，号召全民参加，全市共发放宣传资料133529份；制作环保新闻和专题44条，在区级有线电视播出72次；各区街道宣传栏橱窗出墙报、板报497期；《珠江环境报》出版专题、专版5期。广泛而深入的宣传，使得创建工作走进千家万户，得到了广大市民的大力支持。

2004年，环保宣传工作再次发力。通过举办"广州是我家，共创靠大家"和"贯彻实施国家第二阶段机动车排放标准"等大型咨询活动，让"创模"工作成为市民同心共创的大业。

"六·五"世界环境日全民环保行动、"四·二二"地球日全民清洁行动、"九·二二"无车日……一系列活动中，亚运会无疑是广州的第一大盛事，也是广州人的骄傲。如何让广州以崭新的面貌展现在世界人面前呢？

2009年，广州环保宣教人员未雨绸缪、殚精竭虑、用心筹划，用一个个富有特色的环保宣传活动，动员全体市民以实际行动参与环境保护，让广州以崭新的城市面貌迎接第16届亚运会。2010年，广州市进一步开展以"迎接亚运会，开创新生活"为主题的群众性环保活动、"迎亚运、讲文明、树新风"环境保护百日志愿服务全民行动、"今日羊城天更蓝——爱我广州摄影作品大赛"活动，营造"全民参与、全民行动、全民共建、全民共享"的环境保护氛围，全方位发动社会参与。这些活动的开展唤起了群众心中的环保热情，为亚运会的顺利开展做出了重要的贡献。

春风化雨，润物无声。在集中宣传活动之外，广州又组织少儿绘画比赛、书法比赛、环保歌曲比赛、图片展、专题电视节目等，让不同年龄段、不同阶层的人群广泛参与到环保公益事业中来，让环保理念浸润公众的心灵。

1992年，广州市组织历时3个月的"绿满花城"大型环境保护宣传活动，涵盖万名学生的"环保标志珠江传递"活动、环境文艺会演、环境歌曲卡拉OK大赛、"绿色生机"记者考察团活动以及由20家宾馆、商场联名发起的倡议——开展无污染包装活动等，直接参加活动的群众逾百万人次，普及面广，社会影响大，"环保"一时间成为社会的潮流。

与此同时，广州充分利用《南方日报》《广州日报》《羊城晚报》等主流媒体平台，每年发表资讯过万条，组织媒体记者采访、专题报道几十场次，多角度、多层次宣传环保工作，普及环保知识，让环保走到人们的心中。

广州市的环境教育场地也遍布广州各地，成为环境文化知识普及的重要载体，为美丽的广州、绿色的广州，增添了一道鲜艳亮丽的风景。

广州市第二十一中学。

在该校大门口，"广东省一级学校""广州市绿色学校""广东省绿色学校"和"广州地区花园式单位"等牌子熠熠生辉。

走进校园，绿树成荫、鲜花盛开、道路整洁，学校的宣传栏和教室的墙壁上，各类环保标语随处可见。在学校的一个会议室里，由校长、主任、科组长、教师、学生和家长组成的环境教育领导小组正在对环境教育工作进行研究，窗外的同学们正在开展生动有趣的环保活动。

这一幕，是广州市大力推进环境教育的一个缩影。教育要从娃娃抓起，环保意识也应该从青少年开始培养，让环保成为新时期人们的一种行为规范。为此，广州市全面推动环境教育工作深入开展，着力培育新时期环保新青年。

从20世纪80年代开始，环境教育开始融入广州市广大中小学的课程中。经过多年的推广与推动，到1996年，广州市属大专院校均重视环境教育，部分院校已将其列为必设课程，正式计算学分。小学、幼儿园环境教育进一步规范化，环境教育已编入了正式教材。

1997年，环境教育全面铺开。荔湾区西村、彩虹街相继成立了环保学校，对属地的干部、职工、居民和个体户开展多种形式的环境教育活动，开创了社区环境教育的新路子，中小学、幼儿园的环境教育开始走向了规范化管理。

广州的环境教育工作开始受到社会的广泛关注。1999年5月，创建"绿色学校"经验交流研讨会在广州召开。来自全国20多个省、市和港澳地区的200多位代表,济济一堂。这场研讨会成为影响全国的环境教育盛会。会后,《中国环境报》连续十多期,向全国介绍了交流会论文和广州市创建"绿色学校(幼儿园)"评选标准。环境教育的成效开始显现出来。在这年的"绿色行动进万家"活动中,全市128所"绿色学校"联名向全市3584所学校(幼儿园)发了倡议书。广大师生在环境教育、环保实践活动中通过学生影响了家庭,服务了社会。

2000年,创建"绿色学校"活动,被纳入"三年一中变"内容。广州市教委、市环保局,重新修订印发了广州市中小学(幼儿园)、中专创建"绿色学校"评审标准,编印了小学环境教育老师参考用书系列。全年申报"绿色学校"评审的中小学(幼儿园)、中专超过250所,比过去三年的总和还要多。

2001年,广州市开展了以居住小区为依托,以改善人居环境、倡导绿色文明为主题的"绿色社区"创建活动。到2001年底,海珠区的南华西街、东山区的五羊小区与梅花村小区、天河区的骏景花园与加拿大花园、荔湾区的桃园社区与西关大屋、越秀区的东风小区等一批"绿色社区"的建设已基本成形。荔湾区、海珠区还将该活动延伸到家庭里,分别评出了一批"绿雅居"家庭和"绿色家庭"。

2001年底,广州市政府印发了《关于创建"绿色社区"有关工作的通知》和《广州市"绿色社区"考评标准》,成为国内首个以政府名义公布"绿色社区"考评标准的城市。

2002年，广州市大、中、小学和幼儿园开展环境教育、创建"绿色学校"的热情空前高涨，把环境教育当作素质教育的一项重要内容来抓，把环境教育课程引进课堂。全年新增市级"绿色学校（幼儿园）"59所。至当年底，全市各级各类"绿色学校（幼儿园）"共有1661所，占全市学校总数的59.97%，其中区级1257所、市级357所、省级47所。有6所学校、幼儿园受到国家环保总局和教育部的表彰。

广州各区环保战线

把幸福还给百姓！

这就是广州环保人做这一切的初衷！

广州市环保局的同志是这样说的，也是这样做的。而战斗在广州市各区、县环保战线上的同志们，也是如此。

越秀区为广州市最早的中心区，饮食业发达，仅33.8平方千米的面积聚集了2000多家餐饮单位，数量多、密度大，要想治理餐饮行业的油烟污染问题，难度之大，可想而知。

这些年来，他们通过"三步推进""两步提升""三项服务""四项措施"，成功打造"惠福美食花街餐饮环保综合监督示范街"，实现了"越秀版"餐饮业精细化、标准化管理，使餐饮业投诉从最高时的一年2000宗以上下降到仅100宗，有效地解决了老百姓的油烟之苦。2015年，越秀区餐饮业环保综合监测项目，荣获广州环保"六·五"奖优秀环保工作范例提名。2016年，越秀区代表广州市在环保部"城市餐饮油烟污染管理研讨会"上介绍了餐饮业油烟治理经验。

为进一步畅通环境信访渠道，越秀区环保局实现了来电、来信、来访、网络、网格化五位一体的环境信访格局，强化信访责任，确保信访案件及时解决，并主动回访，积极开展突出环境问题排查整治，围绕重点环境信访案件，认真梳理辖区内突出的环境问题，站在老百姓的角度，积极开展环境问题排查整治，切实维护人民群众的环境权益。

人民至上。环保工作最终目的也是让人民生活得更幸福！

从探索试点到升级创建，越秀区环保局一改过去哪里有了问题就像消防队一样即刻奔赴哪里去处理的办法，通过"三步推进"战略，完成8条街道、约540家餐饮单位的标准化整治，树立环保综合管理新标杆。

为破解餐饮业油烟污染扰民问题，2011年，越秀区环保局开创性地在惠福美食花街开展餐饮业油烟污染综合整治试点，6月2日，惠福美食花街餐饮环保综合监督示范街成功揭幕挂牌。通过实施项目审批电子化、改造升级治理设施、委托集中运营油烟净化设施、安装油烟在线监控设备等多项措施，试点区域内39家餐饮单位全部达到"6个100%"（环保审批100%、污染防治100%、在线监控100%、污水入管100%、垃圾收集100%、环保承诺100%）和"四个示范"（合法经营示范、污染防治示范、自律行为示范、长效管理示范）的标准。实施综合整治当年，试点区域实现环境信访"零投诉"的突破，环境质量显著提高。

荔湾区的绿色创建工作，开始比较早。1997年正式启动，经过20多年的实践，不断创新和丰富创建模式，为广州市的创建工作提供了宝贵经验。

1997年，荔湾区环保局联合教育局，研究制定了《荔湾区绿色学校（幼儿园）创建工作计划》，以绿色创建为载体，共同推进学校环境教育。当年，荔湾区就成功创建了广雅中学、广东实验学校、六十九中（已撤销）、西关培英中学、沙面小学、耀华小学、龙溪小学、荔湾区环翠园小学、西关培正小学、广雅小学、梁家祠幼儿园、荔湾区比诺幼儿园、西村幼儿园、芳村儿福会幼儿园等14所中小学及幼儿园市级"绿色学校"，成为市年度环境宣传教育工作的一大亮点。

2015年，荔湾区已有国际生态学校4所、省级绿色学校36所、市级绿色学校104所，辖区内公办学校实现了"全区一片绿"，中小学环境教育率达100%；成功创建国家级绿色社区2个、省级绿色社区23个、市级绿色社区53个、区级绿色社区172个，绿色社区数量占全区总数量的89%。荔湾区的绿色创建工作不仅多次受到上级环保部门的表彰，而且成为市环保工作的一面旗帜。

在荔湾区教育局的大力支持下，荔湾区环保局的同志们利用自己的生态文明宣讲团，针对幼儿园和青少年的特点，量身定做课件，走进校园开展宣讲活动。其中广州市第四中学的生态道德讲座，浅显生动，寓教于乐；而作为广东省环境教育基地的荔枝湾景区，举行了"大手拉小手，环保植树乐"

亲子宣讲活动,以"废弃年桔回收再种植"为主题,结合亲子元素,使学校环境教育不再局限于"校园"和"学生"。

媒体多次报道了荔湾区的"绿色学校"创建特色和经验,例如,耀华小学的经验和做法被香港电视台、美国《时代周刊》采访报道,随后该小学承办了全国创建"绿色学校"工作经验交流会;沙面小学、广雅小学等的创建工作得到了中央电视台和广东电视台的专题报道。

新时期,荔湾区鼓励学校和社区在创建过程中,要从高处着眼,向纵深发展。一是在环境技术方面,指导学校和社区在清洁能源、垃圾分类、节水、资源回收等方面做好工作;二是在环境管理方面,指导环保网格员落实好污染源监管责任;三是环境文化方面,指导学校和社区结合环保公益节日加强环境科普教育,组建环保志愿者团队。

海珠区保护与发展并举,打造"广州绿心"。

为了让老百姓呼吸上新鲜空气,让蓝天白云不再可遇而不可求,海珠区环保部门的同志们一直在不懈地努力着。

"宁愿要河北一张床,不要河南一座房。"这里说的"河南"就是现在的海珠区。海珠区原本不在广州市区内,一条珠江把它隔在了市区之外。中华人民共和国成立初期,"河南"这块地方,成为广州重要的工业基地,广州造纸厂、广州通用机械厂、广州造船厂等30多家大中型工业企业在此落地,形成了规模宏大的工业区。这里生产出了广州第一条万吨巨轮、中国第一台离心机、世界第一件钛制潜水服。贯穿这个区域的主干道后被命名为工业大道。这个占地面积不过5平方千米的区域，在很长一段时间里撑起了广州工业的半边天，海珠区因此也成了广州市区的一个重要组成部分。

从20世纪90年代开始，随着工业结构的调整，海珠区的老国企陆续经历了转制、搬迁，海珠区的功能定位，也发生了重大变化。

2012年2月，广州市委提出了"海珠生态城"的建设构想，围绕打造具有岭南水乡特色的生态城市示范区和建设花城、绿城、水城样板区，整合现有的万亩果园、海珠湖、广州新城市中轴线南段、琶洲地区、黄埔古村等功能区，规划建设集会展商务、园林景观、文化创意、宜居休闲等功能为一体的海珠生态城，让住在城里的人早晨能听到鸟叫，晚上能数天上的星星……

海珠区影响环保类企业共88家，在全市数量最多，占42.7%。2015年，海珠区完成了76家企业"退二"任务，工业厂房摇身一变成为创意产业园，腾出了1.36平方千米发展用地，原来沉重的包袱正逐步转化为后发优势。

万亩果园湿地保护是海珠生态城建设的重头戏。这片湿地位于新中轴线南端中心位置，广州市中央核心城区最大的江心洲上，总规划用地面积为18.7平方千米，比纽约中央公园大3倍，其中水域面积3.7平方千米，大小河涌40多条，河网密布，被誉为"世界罕见、中国唯一的繁华都市中心的江心洲湖泊与潮汐河流湿地"。它对整个珠江三角洲地区的水文和气候调节、水源涵养和水质净化有着不可替代的生态服务功能，为广州的经济社会发展，提供了特别重要的生态安全保障和良好的生态环境。

为了保护这片湿地，海珠区疏通水网25公里、清淤15公里，利用潮汐自然动力，将珠江水引入石榴岗河送入湿地，然后自西向东，注入海珠湖、土华涌、西碌涌等主干河涌，进而进入湿地核心区域，经过湿地净化后最终汇入珠江后航道。

琶洲是广州未来城市发展的重心。在新"广交会"的带领下，琶洲地区会展产业得到全面发展。10万平方米以上的大型展会，从2010年的8场增至2014年的16场，其中，广交会、广州国际照明展等两个展览规模居同行业世界第一。保利世贸中心、南丰汇环球展贸中心、中洲中心等交易中心相继建成，进一步巩固了琶洲地区会展业的龙头地位，会展配套项目不断完善，威斯汀、朗豪等五星级酒店陆续投入运营。琶洲会展产业已经成为全区乃至广州市经济发展的重要组成部分，同时吸引了腾讯微信总部、阿里巴巴华南营运中心、复兴集团南方总部、国美集团第二总部等电子商务龙头企业入驻。

经过综合治理后具有岭南水乡特色的小洲村，在保护好生态环境的同时，促进了当地经济的发展，吸引了众多的文化名人、艺术名家集聚在这里居住或开设工作室，形成了远近闻名的"艺术村"。村内各种工作室达60多家，已经成为艺术家的"伊甸园"。

天河是广州新的核心区、国家可持续发展的实验区，经济持续快速发展。辖区人口密度高，生活环境质量要求日益增高。30多年来天河环保人经过不懈努力，以持续改善区内环境质量为己任，尽职尽责，谱写出环境保护的新篇章。今日的天河借助建设人民满意的理想城区，正以稳健的步伐向生态强区迈进。

2013年，天河区以禁煤为切入点，推进全区能源结构调整，辖区5家制售燃煤工厂全部关停、7台工业锅炉完成改造、892家涉煤各类设备全部停用，实现在生产、销售、使用各环节无煤化。当年底通过了广州市政府验收组的验收，率先在全市建成首个"无燃煤区"，也是全国第一个通过"无燃煤区"验收的行政区。这样，天河一年减少用煤42062吨，可减排二氧化硫417吨、氮氧化物约105吨。

为了保证创建全国文明城市工作顺利完成，天河区政府拨出280万元，其中，105万元作为街道工作经费、150万元用于补助企业，同时还充分考虑到困难群众，每户按500元的标准进行补助。

2014年，天河区成立了以常务副区长为组长的"扬尘污染控制示范区"工作领导小组，在区环保局内专设扬尘控制办公室，全面统筹协调。经过一年多的扎实工作，截至2015年底，天河区有100个在建工地在落实"6个100%"的基础上，全部增加喷雾降尘设备设施，并为15个示范工地授牌。

2015年7月，天河区出台《广州市天河区建筑施工扬尘排污费征收管理工作方案》，全面开征建筑工地扬尘排污费，以经济杠杆手段敦促建筑工地落实扬尘控制措施，减少扬尘排放。

针对辖区内建筑工地多、码头多、建筑废弃物和淤泥渣运输过程容易造成扬尘污染等特点，环保、城管执法、交警等部门，每周不定期开展联合执法行动。2015年共联合执法38次，出动执法人员465人次，查处违规出泥工地81个、违规上路泥头车152车次，对泥头车上路行为记录在案，并由交警进行处罚。

黄埔区，是广州市的传统工业区，区内有石化、化工、火电、汽车、造船、建材等企业，环境保护工作任务较为繁重。近年来，黄埔区环保局以提升环保质量为立足点，以解决群众身边突出环境问题为突破口，以加大环保监督执法力度为手段，切实加强环境污染防治和生态环境建设。在经济快速发展的情况下，全区环境质量总体保持良好。

黄埔区任何时候都把群众的环境权益放在很重要的位置。"十二五"以来，环保局累计开展各项环境执法检查约4500次，其中有环境安全执法检查、化学品环境管理调查、环境风险源排查、重金属排放企业污染整治、挥发性有机物专项执法检查、大气重点工业污染源专项执法、危险废物专项整治、河涌污染整治、医疗废物专项检查、饮食服务业污染专项整治、辐射安全监督执法等一系列环境执法行动，下发限期整改通知书324份，对350宗环境违法行为做出行政处罚，罚金约1000万元，申请法院强制执行250宗。同时做好行政执法与刑事司法工作衔接，对涉嫌环境犯罪的3宗案件，依法移送公安机关进行立案查处。

2006年以来，黄埔区环保局受理和办理污染扰民问题逾10000宗，及时为老百姓排忧解难，群众无不拍手称赞。

"创模"工作开展以来，黄埔区积极组织和推进"创模"工作任务的落实，协调各责任单位，推进了水环境综合整治、大气环境综合整治、城市环境综合整治等行动；依法行政，强化环境监察执法，实行规范化管理，狠抓污染源的流通量，初步建立了环境保护长效工作机制；加强"创模"信息的报送，及时研究"创模"工作中遇到的问题和困难，提出了解决的办法，积极组织开展形式多样、内容丰富的宣传活动，不断提高老百姓对"创模"的知晓程度和对环境的满意率；按时、优质地完成"创模"技术档案资料的整理，落实迎"省检"和"国检"现场核查等环节的准备工作。

"创模"以后，他们认真做好复核工作。2016年6月11日，工业企业组专家分别到广东太古可口可乐有限公司、广元（广州）科技有限公司、中远佐敦船舶涂料（广州）有限公司、广州市立图油漆化工有限公司等4家企业进行现场核查，对受检企业污染治理、环境管理工作情况表示肯定。民意调查组分别到广汽本田汽车有限公司和广州统一企业有限公司进行现场调查，调查结果表明，老百姓对环境保护工作的满意率超过95%。

为做好亚运会的环境保障工作，黄埔区认真落实好瑞明电力、广州"南玻"等国控重点监控企业监管、重点企业除尘和脱硝、小型燃煤锅炉淘汰、重点行业挥发性有机物排放控制、饮食业污染防治等；做好亚运会期间空气污染治理的保障工作；认真执行《关于禁止向江河湖泊直接排放污水的通告》，开展排污企业排污口整治工作，全部完成了整治任务；组织开展了突发环境污染事件的应急演练，提高对突发环境事件的应急处理和监测能力；对黄埔体育中心和第八十六中学等亚运会场馆以及南方物流、金谷园、广州酒家（黄埔店）等涉亚运周边环境开展放射性现状调查监测。区环保局严格按照亚运会环境保障工作的统一部署，将每项保障措施落实到科、室，落实到具体人。亚运会期间，领导带队参加巡查和值班，党员干部一律放弃休息，全天奋战在空气保障一线，实施24小时全天候工作。从11月1日到12月20日，区环保局累计出动150011人次，巡查污染源企业1300多家（次），遥感监测机动车排气5000多辆,巡查亚运会场馆2个、空气监测站1个,累计巡查高速公路800公里,切实保障了亚运会期间黄埔区的生态环境安全。

白云区不断强化环境执法力度,目的只有一个,保卫白云区的蓝天碧水。

他们将环保法作为"撒手锏",开展专项行动,以点带面,创新执法手段,铁拳频出,敢于碰硬,切实解决了老百姓反映强烈的突出环境问题,让环境保护工作看得见,摸得着。

2015年以后,白云区充分利用新环保法按日连续计罚、查封、扣押、限产停产等强制手段,严厉打击偷排偷放有毒有害污染物、非法危险废物,不正常使用治污设施等恶意违法行为,着力扭转环境违法成本低、守法成本高的畸形环保法律生态。

在新环保法实施的第一年,白云区环保局抓住环境执法的主要矛盾,瞄准三个重点——重点污染源、重点污染物、重点信访,立案处罚一批,淘汰取缔一批,整治提升一批。区环保局联合市环保局监察支队对长红第二工业区内一家电镀厂,以及钟落潭镇广州宝晨甲脂有限公司共两家重污染企业进行现场查封,有效维护了老百姓的环境利益。2015年,区环保局共出动环保执法人员9981人次,检查企业3327家(次),行政处罚1035宗,共罚款2770万元;查封企业216家,申请法院强制执行553宗;办结信访投诉案件3203宗,办结率100%;回应涉环保案件128宗;将5宗涉嫌环境违法行为移送公安机关。

白云区长期面临"散乱污"工业扎堆的情形,在经济发展由粗放型向集约型转变的阶段,治理高污染锅炉成为全区环境治理工作的"重头戏"。在广州市预计完成的284台高污染燃料锅炉整治任务中,白云区就承包了89台。面对艰巨的任务,区环保局以"壮士断腕"的决心,明确目标,扎实推进,将严格执法落实到位。以对人民群众和子孙后代高度负责的态度打好空气污染治理的攻坚战,为"干净、整洁、平安、有序"的城市环境创建工作做出贡献。

白云区随后更是加大了执法力度,共出动执法人员1395人次,检查锅炉使用企业541家(次),检查锅炉659台(次)。立案查处违法案件114宗,对70台未按上级要求整治的锅炉进行强制性查封关停。2015年底,白云区完成了对89台高污染燃料锅炉和111台改燃生物质燃料锅炉的全部整治任务。其中89台高污染燃料锅炉中,改燃清洁能源9台,改燃生物质燃料34台,企业已关闭或锅炉已停用、注销19台,查封21台,已完成治理6台;111台改燃生物质清洁燃料中,完善袋式除尘设施38台,已停用、关闭或查封60台。

2015年1月,环保部将颜乐天纪念中学周边环境污染问题列为全国重点环境案件。随后白云区执法人员对这所中学周边企业进行了地毯式搜查,发现小锅炉燃烧边角料产生的废气、生产胶水产生的有机废气,是该校周边废气的主要来源。区环保局联合均禾街督促周边企业对小锅炉进行拆除,对违法企业进行立案查处。共立案138宗,移送公安2宗,查封违法企业22家,有效地震慑了环境犯罪行为,使学校周边环境焕然一新。

他们还对全区567所学校及幼儿园周边进行了清理。面对这些生长在学校周边的"环境毒瘤",区环保局采取"一校一策"、标本兼治的方法,开展学校周边环境整治专项执法。在高压整治"工厂围校"的现象中,环境执法果断"亮剑"。在六十六中旁边,广州市畅通交通设施厂存在超标排污、偷排废水等问题。在屡教不改的情况下,区环保局依法对该厂的生产用电进行了查封,并最终督促该厂全面停产搬离。针对竹料三中旁两间电镀厂违法偷排含重金属废水的情况,市、区、镇三级迅速联合开展排查,及时对两家偷排污水的证据进行固化,依法将该案件移送公安机关,追究其环境刑事责任。在维护校园环境安全执法行动中,区环保局立案查处环保违法272宗、强制查封违法企业61家,从根本上扭转了"治理、反弹、再治理、再反弹"的被动局面。

为了达成"水更清"的工作目标,白云区环保局积极展开应对策略,对流域内重点污染源,坚持实行一月一巡查,全面清理,依法取缔无牌、无证排污企业。其中共排查了200多个工业小区、3327家企业;巡查辖区内流溪河、石井河等重点河涌130次,排查沿线企业896家(次);重点针对流溪河、沙坑涌、石井河、白海面涌、珠江西航道等广佛跨界重点河涌开展专项执法36次,查处废水排放环境违法案件728宗,太和镇大源村的洗水印染小作坊、钟落潭镇东风坑沿线的村社工业聚集区、沙坑涌沿线夏良村及周边化妆品行业、均禾街皮具激光雕刻厂等环保问题均得到整治;针对石井河流域的涉氢氟酸企业开展联合执法,共清理整治无牌无证的玻璃瓶蒙砂作坊15家,没收氢氟酸15.85吨,没收磨砂粉2吨,有效降低了环境安全风险。

广州开发区对全区污染源和排污口实行全天候实时、动态监控，监测数据和监控视频一旦出现异常，自动报警和自动预警，或启动预警和应急程序；地理信息系统配合网格化管理单元直观展示，迅速锁定隐患，环境应急监测车和指挥车可以第一时间赶赴现场；污染源指纹快速识别模型以秒级速度追溯源头，移动终端可以完成所有执法操作并自动录入系统，一源一档。

经过8年探索创新和开发建设，广州开发区环境监察综合管理系统，已积累整合1900多家企业污染源动态档案数据，构建了一整套完善的"互联网+"污染源全生命周期智能环境监管体系。

广州开发区数字环保移动执法系统，集成了在线监测、信访、行政处罚、排污口核定、环保手册、绩效考核等业务功能模块。在线监测模块已实现对各监测站点实时在线监控，实现自动在线监测数据共享、自动超标报警、数据异常自动报告、监测数据查询、监测数据报表统计、监测数据分析、在线视频监控等功能。

全区共计安装废水、废气、油烟等在线监测设备76套，建设130个视频监控点，主要针对区内67家重点污染源企业、4条河涌断面（乌涌、南岗河、横窖河、永和河）、重要路段汽车尾气和泵站实时在线视频监控。另外还有6个大气子站依托"数字环保"系统与市环保局联网上传数据，除按国家要求对可吸入颗粒物、二氧化硫、二氧化氮进行监测外，还对一氧化碳和臭氧进行24小时实时监测，形成了覆盖全区的环境空气质量监测及预警体系，为保障全区大气质量提供可靠数据支撑。

区环保系统还加强了应急能力建设，以应急移动指挥车、环境应急监测车、机动车尾气遥测车以及标准化中心实验室为重点，已建成一套先进的集预报、监测、监控和预警发布为一体的应急系统。在实现应急装备现代化的基础上，建立预案库、专家库、隐患源、危化品等数据库，形成了多领域、综合性、操作性和专业性相结合的应急（预警）处理系统，已具备地表水环境、环境空气质量和噪声环境等100多项环境指标的监测能力，确保对环境污染事故，实施高效、准确的应急救援。

广州开发区，在数字环保移动执法系统开发建设和成功应用方面，已经走在全国前列，成为开发区"智慧环保"新的神兵利器。该智慧系统通过不断积淀数据掌控和优化区域环境容量，提高环境监察能力，提升执法效能，成为环保工作的"千里眼""顺风耳"！

环保人员说，有了我们大家的共同努力，再加上"智慧环保"，这下我们开发区的老百姓，就可放心了。

南沙区位于珠江出海口虎门水道西岸，是西江、北江、东江三江汇集之处，有着得天独厚的自然资源和地理优势。一直以来，地区的开发性建设与生态保护，始终牵着国人的心。从1993年5月国务院批准成立广州南沙经济技术开发区，到2012年9月国务院正式批复《广州南沙新区发展规划》，再到2015年4月中国（广东）自由贸易试验区广州南沙新区片区挂牌，南沙进入了国家级新区和自贸试验区双重国家战略发展时期。在这20多年的发展中，南沙始终坚持"生态优先"的发展理念，强调发展与自然的和谐，使南沙在发展的同时，保住了良好的生态环境。自2005年设区以来，南沙的各项经济指标，均以两位数以上的高速增长率增长，环境整体质量也稳步上升，2011年获得联合国环境署举办的第十五届"全球最适宜居住城区奖"金奖。2015年，南沙区环境空气质量优良率为86%，地表水质均达到功能区划要求，区域环境噪声平均值均满足标准要求，环境竞争力位居全市前列。

2011年，南沙向国务院报批了《南沙新区发展规划》，提出了建设"粤港澳优质生活圈"的目标，并将生态环境保护，作为新区发展的重要内容。2014年，获广东省人大批准的《广州市南沙新区条例》，把生态环境保护内容，作为专门章节进行阐述，从规划层面、围填海项目的环保要求、湿地保护、生态环境保护的科学研究和技术推广、建设项目环境保护区域协调机制等方面，提出了明确的要求，从法律的角度对生态环境保护做出规定，从法制层面提出未来城市建设中，坚决不再走"先污染后治理"的老路。

为了更好地建设宜居滨海新城，南沙区结合地区自然资源特点，细化生态单元，开展生态建设，近年来打造了蕉门河滨水生态工程、黄山鲁森林公园、海滨公园、滨海绿道系统工程，形成多样化的开放城市"绿核"，让广大市民共享发展成果。经过不懈努力，南沙区建成区绿地率达37.3%，建成区绿化覆盖率43.12%，人均公园绿地面积达到30.05平方米。2006年以来，南沙区在十六涌钢铁基地、新龙大桥、十九涌等周边共建成各类湿地林区1平方千米，重点建设南沙湿地游览区，总面积达6.67平方千米，现已发现的鸟类超过140种。2011年，在第十五届联合国"全球最适宜居住城区奖"总决赛上，"南沙湿地生态保护"荣获"可持续发展自然项目类"银奖。

南沙自贸试验区和新区叠加优势逐步体现，对生态文明建设提出了更高的要求。南沙区顺应时代的发展，加大生态文明建设投入，近期重点实施明珠湾区、灵山岛尖滨水景观生态海堤及内河滨水景观带建设工程，蕉门河"城市客厅"项目——凤凰湖公园建设工程，启动全长42.5公里的自贸试验区生态景观廊道建设，开展30个村居环境提升工程项目建设，按照"南沙区美丽乡村建设全覆盖"目标，落实美丽乡村三年行动计划，全面推进生态水城、生态绿城建设。

南沙区结合本地自然环境特点，推进涵盖大气、水体、噪声和固体废弃物等各个方面的重点污染防治项目，搭建可持续发展城区结构。例如，针对南沙部分镇街居民相对分散的情况，2010年以行政村为单位，建立农村生活污水处理站，完成33个行政村的农村生活污水治理工程，基本实现生活污水集中处理全覆盖。

针对小虎岛化工区环境风险特征，南沙区在2012年启动了小虎岛挥发性有机物排放溯源与控制示范项目建设工作。并在此基础上，从2014年开始，建设小虎化工园区有毒有害气体环境风险预警体系，成为全国第一批经环保部批复同意的试点项目之一；按照南沙当地产业类型和分布，规划建设国家生态工业示范区，带动区内产业结构的合理调整与优化，逐步形成循环经济产业链。

在打击环境违法犯罪活动中，仅2015年，南沙区环保部门就出动执法人员13000余人次，开展专项执法行动数十项，检查企业8000多家（次），立案查处案件312宗，行政处罚决定259宗，处罚金额1492万元；全年受理信访案件1200多宗，办结率高达97%；对涉嫌违反国家要求、废水中重金属污染物超标3倍以上的企业，依法提请广东省环保厅进行认定，并根据其认定意见，移交公安机关处理。

南沙，一座正在大步迈向时代前端的新城，二十年如一日，坚定不移地按照"生态优先"的发展战略，厚积薄发，探索出社会发展与生态保护相协调的可持续发展模式，为广州环境保护发展历程写下了美丽的篇章。

番禺区，在整治小作坊中建设"大环保"。

违法小作坊，生产地点隐蔽、没有办理环保手续、无配套污染治理设施、生产规模小、生产工艺落后、转移搬迁快，并且多数在夜间生产。其虽小，但危害很大。小作坊不但影响河涌水质、污染环境，还存在安全生产、消防、卫生、治安、外来人口管理等各方面的隐患。

自2010年开始，番禺区就在打击违法小作坊中实施一系列常规和非常规举措，经过较长时间的摸索和实践，多部门联合整治模式应运而生，逐步形成了打击违法小作坊的部门联动机制。

违法小作坊存在的各种隐患严重影响周边环境，老百姓反映强烈。2014年番禺区开始在区级层面组织开展联合整治行动，整治对象主要是集聚规模较大、影响恶劣的违法小作坊群。2014年下半年，在番禺应急办的统一指挥下，共成功开展了3次违法小作坊的清理整治行动。每次出动人数都超过百人，行动中各参与部门紧密配合，调查取证，并采取断电等强制措施。3次行动共取缔了51家小作坊企业，效果显著。

按照"应急协调、属地管理、部门执法、齐抓共管"的原则，各镇、街作为小作坊整治工作的主体，与环保、水务、城管、安监、食品药品监管、市场监管、来穗人员服务管理、公安、应急、供电和供水等部门联合执法，建立健全番禺区整治小作坊的长效机制。

番禺区环保局运用法律赋予的监管权力和手段，在查处小作坊中依法实行查封扣押、行政拘留，追究刑事责任等措施，由公安部门负责实施依法拘留。对于个别排污情节严重、涉及环境犯罪的违法小作坊，环保部门和公检法决不手软。

环保和公安部门促进执法资源的合理利用，坚决打击违法小作坊的超标排放重金属污染物，非法处置、倾倒危险废物等环境犯罪行为，让环境犯罪分子付出相应的代价。番禺区环保局还和检察机关联合推动环境犯罪的公益诉讼，在办理涉嫌环境污染犯罪案件时，提请检察、公安部门提前介入，全力协助检察机关启动、开展环境公益诉讼，让犯罪分子为环境污染和生态破坏"埋单"。

同时，番禺区环保局还配合电台、电视台开展采访活动，提供大量的视频资料，努力营造出人人对小作坊这种"过街老鼠"围追堵截的氛围，让这些小作坊在番禺区无立足之地。

营造出一方净土，保护一方百姓的安宁与平安，这是番禺区环保人的共同心声。

花都区2016年空气环境质量综合污染指数为4.04，这在全广州市11个区中排名第3。取得这样的成绩，实属难得。人们不会忘记，在上一年，也就是2015年，花都区还排在第11位，在全市垫底。在短短一年的时间里，花都奋起直追，才有了2016年的成绩。"花都蓝"已经成为花都老百姓的自豪和骄傲！

从2014年底以来，花都区就打响了一起全民环保"硬仗"，封掉53家石灰厂，实现生态修复，关停并转了51家铸造厂，实现了转型升级。

曾经积压的废弃炉渣不见了，曾经冒着白烟的窑口，熄了火。老百姓无不拍手称快。"还给老百姓一个宜居的生活环境！"花都区人民政府和区环保局许下的承诺，实现了，优越的生态环境让进驻花都的企业更有信心。

花都原叫花县，是广州市名副其实的后花园，但花园遭受的污染可不轻。石灰是各种基建不可缺少的材料，花都区原有石灰厂53家，其中仅炭步镇就有45家，另外赤坎镇和花城街道各4家。而这些石灰厂，环保从来不过关，每天产生的烟尘、粉尘污染，可想而知。

除了石灰厂，茶塘村的51家铸造厂也是重要的污染源。20世纪70年代，大大小小的铸造厂在这里落地生根。这些厂房普遍使用熔化铸铁的冲天炉，能耗大，污染严重。

由于石灰厂和铸造厂运转已久，当地环保部门虽时有查处，但是很难杜绝，当地老百姓意见很大。2014年12月，环保部挂牌督办的环境违法案件中，花都区的石灰厂和铸造厂赫然入列。这些厂普遍存在手续不全、无任何脱硫除尘设施、原料和废渣露天堆放等问题。其中建丰石灰厂等厂未经竣工环保验收就投产，拒不执行花都环保局下达的停止生产的行政处罚。茶塘村的51家小型铸造企业大部分为违法生产，在路旁随便倾倒炉渣。

环保部督办通知一发，区环保局马上开展行动，着手对石灰厂和铸造厂进行关停并转。

2016年10月31日，环保部正式发文，督办案件全部通过验收，予以摘牌。为防止死灰复燃，2017年3月31日，广东省环保厅进行回访，给予了高度评价。

"花都蓝"，包含了花都老百姓对美好生活的全部期待和向往！

随着天变蓝，花都区产业也逐渐"变绿"。"十三五"期间，花都提出建设"国际空铁枢纽、高端产业基地、休闲旅游绿港、幸福美丽花都"总目标。目前，为了实现这一总目标，花都正开足马力，在奔跑！在腾飞！

增城位于广州市东部，地处"珠三角"东岸经济带"黄金走廊"，是全国著名的荔枝之乡、牛仔服装名城、汽车产业基地和生态旅游示范区。按照广州市发展战略，增城紧紧围绕打造现代化中等规模生态城市的目标定位，进一步深化主题功能区建设，着力推进中、南部镇街一体化，北部生态化发展，建设生态文明、宜居宜业的新增城。

增城区环境保护局不断探索环境与经济协调发展的综合治理模式，从大力推行工业污水集中处理、加强城镇和农村生活污水处理设施和管网建设、严厉打击环境违法行为、清拆"散、小、乱"养猪场及城镇污水处理场污泥无害化处理等方面入手，全面开展流域综合整治，在实现经济总量较快增长的同时，全区水环境质量状况不断改善，各项环境质量监测指标基本达到国家优良标准，较好地保护了广州东部水源储备地。

至2018年初，增城区环保局先后关闭了漂染企业70余家，推进完成新塘环保工业园建设，将漂染企业搬迁入园生产，实现工业园区统一供热、供水和废水集中处理，有效遏制了漂染企业废水偷排、漏排现象，每年减少数万吨的污染物，河涌水质明显改善，水质稳定达标，水环境质量进一步提高。同时，对区域工业废水治理的风险分析研究，最大限度降低了对地表水的污染风险，合理调整了产业结构，释放区域环境与经济协同发展空间。

2007年3月，增城区建成第一座污水处理厂——荔城污水处理厂，并同步建设增江河西截污主干管8.47公里，实现城镇生活污水设施从无到有的转变。2010年，全区完成投资6.45亿元，扩建了荔城污水处理系统，新建了石滩、新塘、永和、中新、高滩5个污水处理系统，处理污水规模达到每天29.8万吨，新建截污主干管道长度71.75公里。2011年到2014年底，投资1.94亿元，扩建处理污水能力每天5万吨的永和污水处理厂，新建管网55.05公里。全镇污水处理总规模达到每天37.8万吨，实际处理规模约每天34.53万吨，总纳污面积达152.3平方千米。

2015年，增江河水质优于Ⅲ类标准，东江北干流保持Ⅲ类标准，均符合省水环境功能区划要求；二龙河基本保持Ⅱ类标准，是广州市50条纳入监测河涌中水质最好的河涌之一。

目前增城区共有工业污染源1191家，重点监管工业企业273家。其中，国控污染源19家、省控污染源21家、市控污染源54家。现国控、省控污染源已全部安装在线监测系统，监测数据和广州市生态环境局联网，随时掌握污染源排污状况。

通过开展打击违法排污、保护水源水质、落实挂牌督办整改、整治重金属排放等专项行动，去年以来，先后关闭污染企业167家；今年以来查处企业违法行为130宗，限期整改47宗，行政处罚83宗，处罚金额24085万元。增城区认真贯彻环境污染犯罪"两高"司法解释和新修订的环境保护法，移送涉嫌环境犯罪案件4宗，均已立案侦查并对当事人实施批捕，实施查封案件1宗、停产案件1宗。

2013年下半年以来，增城区通过开展"散乱污"养猪场规范整治工作，至2014年初，全区"散乱污"养猪场全部拆除，共7288家、面积472万平方米，减少生猪存栏180多万头，年减少因猪污染657万吨。同时，对已拆除的养猪场，因地制宜进行美化、净化、绿化，城乡环境质量明显改善。

近几年，增城环保局加大了对农家乐污染治理、处理设施的建设监管，重点针对农家乐所处自然区域和污染排放范围，采用各种环境保护治理设施和工艺技术模式；对具备接驳城区和农村生活污水处理管网能力的要求进行接驳；对城区和农村生活污水设施未覆盖的要求自建污水治理设施，确保污水达标排放。

增城环保局认识到，水资源保护任重道远，只有坚持既加强保护环境，又优化经济发展理念，全社会共同探索、大胆实践，紧紧围绕"现代化中等规模生态城市"这一定位，坚定不移地全面实施水环境治理，才能做好广州东部水资源储备地的建设工作，实现"青山绿水新增城"的目标，从而造福广州老百姓。

从化，作为广州的"卫生城"，从"创建生态示范村""建设美丽小镇"入手，坚持以人为本、污染防治与生态保护并重的原则，确保在经济、社会发展，满足老百姓不断提高的物质文化生活需要的同时，实现自然资源的合理开发、生态环境的保护和农村地区环境质量的改善。

"绿水青山，构建大生态格局"，这是从化区人民政府和环保人的共同目标。

2013年，从化以把城郊街万花园建设成为"广州最美乡村群"为目标，将其整体规划为广州地区最高端的美丽乡村示范点、全省最大的花卉博览园，把万花园18平方千米范围内的11个村、33家花卉企业纳入美丽乡村群规划建设，并计划结合当地旅游业、花卉产业等因素，通过市场运作，以"赏百花、尝万果、品岭南建筑、体验农家乐"为主题进行打造。

生态示范村建设有利于改善当地环境、提高村民生活质量。在实现农村地区致富奔小康的同时，保护和建设好农村生态环境，已成为广大农村社会经济发展面临的重要任务。

从化在生态示范村建设前期，先后选定了西向村、光辉村、合群村、龙角村、中塘村、西湖村、宝溪村、龙田村、麻二村等多个村定点建设生态示范村。

从化通过推行生活垃圾定点分类堆放，组织资源回收利用活动、环保义务劳动和志愿者行动鼓励村民整治环境卫生，摒弃生活陋习，改善村容村貌，倡导村民植树种草，美化环境；通过修建环保宣传栏，向村民介绍保护生态环境的意义，同时向村民推广普及生态农业、有机食品概念和知识，培养村民的生态文化观念。

通过一系列生态村镇建设工作，示范村化身生态小公园——平整干净的村道、明亮环保的太阳能路灯，各个村中还有村民茶余饭后放松的好去处。区环保局的同志深有体会地说："村里环境提升了，人的素质也跟着提高了，从而形成良性循环。"村里环境整洁了，老百姓居住得更舒心了。

生态示范村的建设，也给从化带来了巨大的经济发展机会。名镇名村创建工作涉及一镇五村，包括良口镇、良口镇溪头村、中塘村、温泉镇平岗村、城郊街西和村、太平镇三百洞村，建设项目52个。从化结合扶贫开发、中心镇建设、危破房改造、引进高端旅游业项目落户及整合相关部门项目资金开展创建工作，规范名镇名村、美丽乡村专项资金管理。随着基础设施配套的日益完善，从化得到了越来越多游客的青睐。

凭借优质的生态资源，从化先后获得"中国优秀生态旅游城市""广东省国民旅游休闲示范城市""广东省旅游强市""全国休闲农业与乡村旅游示范市"、首届中国温泉金汤奖之"最佳温泉旅游目的地"等称号。溪头村附近的五指山、黄茶山、鸡枕山、天堂顶等山岭与良口镇的平影村、吕田镇古田村连接，形成了一条30公里长的旅游登山线路——"影古线"，每年都吸引着大批的登山爱好者慕名而来。除了优质的生态环境，这里一年四季花果不断。春节期间，李花开满山野，5月份就有好吃的李子。还有砂糖橘、青梅、毛竹笋，更是增添了游客的兴致。莲麻村借助自身原生态特色，通过开发农家乐体验项目、办特色民宿等，充分挖掘自身优势，抓住契机，发展特色小镇旅游项目。

三四十年前，甚至是五六十年前，广州的历届地方党委、政府，广州的广大人民群众，面对日趋严重的环境污染这一世界级难题，并没有知难而退、束手无策，而是一直迎着困难而上，坚决落实环境保护的国策方针，紧紧围绕党中央、国务院的战略部署，按照省委、省政府对广州关于环境保护的定位要求，始终坚持生态化优先建设理念，以为历史和人民高度负责的担当精神，狠抓环境保护工作，求真务实，开拓进取，全面加强生态文明和资源节约型、环境友好型城市建设，较好地解决了社会经济高速发展中出现的环境污染问题。这是有目共睹、有口皆碑的事实。

为了让白云山顶的"天更蓝，云更白"，新一代甚至是几代广州人，传承了"敢为天下先"的优秀民族性格，保持和发扬了我党不屈的战斗精神，用汗水和勤劳的双手，死死卡住了环境污染这条脱缰的野马。

于是，白云山在人们的心目中，除了具备"肺"的功能之外，她头顶上的蓝天，蓝天上的白云，也已成了人们判定广州污染治理成效和全市空气质量好坏的一个重要参照。

十八大之后的2016年，广州市全年空气质量达标310天。2020年，广州全市空气质量优良天数为331天。

可是，谁能知道，为了做到这些，"上管天，下管地，中间管空气"的他们——广州市委、市政府，为了这个"331天"，耗费了多少心血啊！那些战斗在环境治理第一线的人，那些人民的公仆，那些普普通通的工人，做出了多么大的努力与牺牲啊！

为了把幸福还给老百姓，他们数十年如一日，无怨无悔！

他们不愧"人民的公仆"这一光荣称号！

|下 篇|

情系珠水

水是生命的源泉。

对此，没有人会提出异议，特别是广州人。因为，广州从诞生的那天开始，就是以水为伴，因水而生，因水而繁荣的。

越秀山至今还留有两个圆柱体的花岗岩牌坊，西面坊额上刻有"古之楚庭"四个字。传说这里就是远古的五羊城，也称南武城。毕竟是传说，可信也可不信。现在，有据可查的广州区域内最早的城市，是秦朝南海郡郡尉任嚣所建的任嚣城，也就是番禺城。任嚣城背靠越秀山和白云山，其用意主要是怕受到海水和寒潮侵袭，便于取到入城的文溪的淡水。可见，任嚣在2000多年前就懂得水源与水质的重要性。

古人取水有三个办法：引水、凿井和蓄水造湖。因此，广州历史上留下许多有名的井。最古老的是南越王赵佗开凿的越王井。著名的古井还有被列入明代"羊城八景"之中的"琪琳苏井"和被列入清代"羊城八景"中的"浮丘丹井"，以及三元宫的鲍姑井等。

每一口井都有一个故事。所谓苏井，相传是北宋大文豪苏东坡寓居广州天庆观时所凿；丹井则是晋代著名道家葛洪在羊城三石之一的浮丘石上炼丹的地方；鲍姑是葛洪的妻子，是在三元宫内炼丹成仙的南海太守鲍靓的女儿，这鲍姑井自然也成了一口"仙井"。

为什么广州会有那么多的井和关于井的传说？这反映的是人们对水的渴望，可饮用的水的宝贵。苏东坡在给好友的信上说过这样一段话："广州一城人，好饮咸苦水……惟官员及有力者，得饮刘王山井水。"

刘王，指的是南汉王，刘王井就是先前说的越王井。

谁会喜欢喝苦咸水呢？老百姓没有办法，因为井被官府和豪绅霸占了。

后来南宋时广州出了个好官，叫丁伯桂，时任番禺县令。他不但开放古井给百姓来挑水，还在井口加上一个九孔石井盖，以方便老百姓汲水，互不干扰，故此井又叫"九眼井"。这口井至今仍在，位于应元路广东科学馆后院，三元宫正对面。

丁伯桂给老百姓保留了一口井，所以他的名字一直被人们记挂着。

历代凡是想造福一方的官员，都不会忘记老百姓的饮水。

除了引水和凿井之外，古代还有个方法取水，就是造湖蓄水。

据《三国志·吴书·潘浚陆凯传》载，远在三国时代，广州"州治临海，海流秋咸"，百姓饮水困难，刺史陆胤把文溪下游洼地的水蓄起来，再引水入城，使"民得甘食"。这蓄起来的水便成了湖。陆胤又疏导甘溪，居民每天早晨"倾州连汲，以充日用"。

又过了600余年，唐代开成年间，著名清官卢钧就任广州刺史、岭南节度使，在这一带筑堤百丈蓄水，建成人工湖，便是后人所说的"菊湖"。宋代的"羊城八景"中还有个"菊湖云影"，可见这个人工湖存在之久远。

斗转星移，山河变迁。源自白云山的甘溪、文溪流经了东濠，东濠涌的水区别于海水，水深清澈，可饮用。据说早在宋代苏东坡就已经提议，在滴水岩下凿一水槽，承接从山上流下的清水，再取来五根大竹竿，破开并排放置，顺势将泉水引到城内各个小石槽，以便居民就地取水。这或许就是广州最早的"自来水"。

时间飞速运转到了20世纪初。1905年，广州开始走上现代供水的道路。

1880年，上海的美商恒昌洋行、怡和洋行和当时的租界工部局签订合约，成立了"美商上海自来水公司"，并于1883年开始向上海市民供水。1903年，上海商人见新兴的自来水有利可图，就在广州和两广总督岑春煊商量创办自来水公司。双方一拍即合，官方与商人各出一半资金，共60万两白银，于清光绪三十一年（1905）十月正式成立"广东省河自来水公司"，并聘请了两名美国工程师、一名德国工程师、一名本国工程师。公司成立后，立即进行勘探、水厂基建技术设计，同时从国外进口了供水设备。1906年，公司有了办公楼，挂牌对外接洽业务。经技术人员勘定，以增埗河为水源地，在旁边建水厂（现在的西村水厂前身）。1908年8月，公司举行开业典礼，1909年初全面供水。当时增埗水厂的生产能力，每小时仅1350立方米，供水范围很小，仅限西关、南关、禺山三个繁华的地区，约有6000个用户。公司创办初期，年年亏损。

1914年，军阀龙济光占据广州，将公司完全转为商办，抽出官银投入到军阀混战之用。

1926年，时任市长的孙科将其置于公用事业之中，成立了"整理自来水公司委员会"，增加政府投资，得到当时北伐军总司令蒋介石核准。

1928年，增埗水厂蒸汽机房建成。

1929年，市政府接管水厂并进行扩建，启动越秀山水塔建设，同时又建成了东山水厂。越秀山上的球形水塔，在相当长一段时间内，与中山纪念堂、越秀山五层楼并列为广州的标志建筑。

日本人占领广州期间，东山水塔不幸遭到轰炸，日寇将水塔交日本商人拆运去了台湾。

光复后，沙面租界居民集资修建沙面水厂，日供水量14万立方米，也只能供少数人使用。

到1949年，由于设备陈旧、管理混乱，广州自来水供应量仅为每小时4000吨，全年供水3753万吨，售水1270万吨，漏损率达66%。

中华人民共和国成立后，经过几代人的努力，广州先后扩建和新建了数家水厂，如：西江水厂，位于荔湾区增埗江边，以流溪河和小北江混合支流为水源，最大日供水量为140万立方米；石门水厂，位于老"羊城八景"的"石门返照"，水源也是流溪河，日供水能力80万立方米；新塘水厂，位于增城大墩乡，水源是东江支流，日供水量为16.8万立方米；石溪水厂，位于海珠区，水源来自下游珠江，日供水能力为25.4万立方米；江村水厂，位于白云区石马村，日供水能力为30万立方米。另外还有河南水厂、黄埔水厂、车陂水厂、西洲水厂、南洲水厂等。

虽然守着珠江，却也不能高枕无忧。

一　珠水波涛阅古今

初识珠江

其实我早就对珠江有印象了。

说起来,那还是上小学的时候,在课本里就已经熟知,中国960万平方千米的广袤大地上,奔腾着四条世界闻名的大江大河:长江、黄河、珠江、黑龙江。

但我真正认识珠江,是读高中期间。那时我第一次到了广州,第一次见到了珠江。

那时的广州,虽然是全国有名的大城市,但是和50年后的现在相比根本没有什么可比性。那时最繁华的地段就是现在海珠广场那一带。那里,一是有广交会,二是有海珠桥。那时尚未改革开放,广交会在中国老百姓心中的位置很重,影响很大,到了广州,广交会便是必去之处。

8层楼高的广交会展馆,是海珠广场周边最高的建筑。那天,我们从广交会展馆出来，就直奔珠江边的海珠大桥头，因为我们对海珠大桥很感兴趣。海珠桥作为广州的标志性建筑，早已深入人心，我们就是想近距离看看这座闻名天下的大桥。遗憾的是，当时并没有太留意身边的珠江。

再后来我当兵了。

我当兵后又来到广州，可是那次只在广州住了一晚，广州几乎没有给我留下任何印象，我第二天就到了驻韶关的老团队。

时间过得飞快。1975年岁末，我再次来到了广州，是参加广州军区文化部举办的诗歌创作班，当时住在中山一路。

在为期半个月的创作班期间，我们去了一趟位于中山四路的毛主席主办的农民运动讲习所。二者距离很近，我们是排着队去的。至于珠江，那时只顾学习写诗呢，根本没有想到去看看。

又过了几年，1980年，我又一次来广州，这次是参加广州军区宣传部举办的新闻摄影班。还住那个院子，整个院子的建筑和格局，基本没有大的变化，但已是正式的军区第三招待所了。

这次稍长，一个月的时间。中间我约了几个人，去珠江边走了一趟。经大沙头，从北京南路过天字码头，一直往前走。没有什么特别的目标，就是沿着珠江一侧的长堤一直往前走，走了有好几公里吧，一路上见识到了广州有名的建筑。

当然，这次真正看到了珠江。没有过海珠大桥，只在边上看了一眼，以前有印象的桥头哨兵，已经撤了。

再往前走，看到了17层高的爱群大厦。虽然只有17层，但从20世纪30年代开始，曾是中国的最高建筑，高于上海外滩一带的所有楼房。

之后我们又看到了当时中国最大的百货商店——南方大厦。

紧挨着的是"沙基惨案"发生地。江边立了两尺高的一个碑，因为很矮，不留意不会看到。

我看到了，还认真看了碑上的字，这才想起这里50年前发生的那场腥风血雨，实在令人感叹。在这里，无论如何，是要默默站上几分钟的。

再往前就是广州很有名的租借地了，叫沙面。可是时间有限，我只遛了几分钟，没有认真领略其中的美丽。

从达道路的军区走到沙面，确实不近。我有一点印象很深，就是，几公里长的长堤，隔几步便有一个供行人休息的长椅子。每张椅子上都坐满了人，几乎都是成双成对的年轻人。

有人告诉我，那时人们住房条件差，谁家都不会有什么空调，甚至听都没有听说过，所以去哪里谈恋爱，是个问题。于是，就有很多人选择到江边来。还听说，每天傍晚时分，便有不少小孩子，提前在那些长椅子边抢占位置。到了晚上谈恋爱的人多了，可以卖给恋爱中的男女。以前只听说过广东人会做生意，从这件事上，我体会到了做生意也要从娃娃们抓起的。

那次走了一趟，我还发现，海珠广场那边有了变化，27层的广州宾馆早已经落成，而当年的广交会展馆，听说早已经搬到了新的地方，那里靠近新的广州火车站。

1981年，我正式调到广州。开始几年，我也是只顾忙手中的事，并没有想去了解广州的历史什么的，例如，珠江。

后来，也就是1985年，我的工作再次变动，调到文化部，分管全区部队的文学创作。正是在那工作交接的时候，到了中秋节的晚上，我们几个朋友相约到新建的广州大桥上赏月。大桥刚建好，桥上一辆车都没有。我们几个人在桥中间席地而坐，吃月饼、喝啤酒，玩得好不开心。可心里还一直在想：又没有车走，建这么一座大桥，是不是太浪费了？

1985年12月，文化部决定办一次全区部队的业余文学学习班。这个任务当然落在我的头上，因为这是属于我分管的工作。以前我也参加过这类活动，说句老实话，我就是因为参加了这样的学习班，才一步步走到今天的。以前，一般都是在军区的第三招待所办。这次有点麻烦，因为第三招待所已经变了主人，一分为二，我们以前住过的地方，被划归给了地方，成了广东省人大的地盘。另一半还叫第三招待所，正在大兴土木，准备建大楼。后来就成了人们熟悉的三寓宾馆。

所谓的麻烦，主要是经费问题。三四十个人，要吃要住，个把月，钱从哪里来，由谁来出？

后来有位战友向我提议：军区有个被服仓库，有钱，管你们吃住没有问题，而且那里风景很美，两边都是水，别人根本进不去，很适合你们这些文人在那里住。

这个地方以前没有几个人知道，20年后却出名了，而且出了大名。一点没错，就是第16届亚洲运动会举行开幕式的那个地方，名字叫海心沙。

听名字就能知道，所谓海心沙，就是珠江中的一个小岛。广东人说话就这么奇特，明明是江，却说成海。

海心沙的不远处有个大点的岛，叫二沙岛。那里已经开发了，开始建一些别墅什么的。二沙岛的另一端有一片建筑，是广东省体育训练基地，不少全国乃至世界冠军，都是从那里走出来的。过了二沙岛，便是广州最著名的码头——大沙头，它又不单是码头，原广九车站就在附近。以后车站扩大，就成了原来的广州火车站。旁边就是清朝以来就很有名的天字码头。天字码头在广州最繁华的北京路的一端，原是坐船从河北过到河南的最大的码头，对面就是中山大学的北门。

说远了，还回到海心沙吧。当时驻在海心沙上的只有一个单位：广州军区被服仓库。岛的一边是主航道，另一边是副航道。副航道上有座不到50米长的小桥，桥头有一哨位，旁边立着一块牌子："闲人免进。"虽然海心沙没有二沙岛大，但也不算太小。被服仓库毕竟是个团级单位，全军区几十万部队穿的、盖的，均从这里进出，会小得了吗？

岛上面分办公区和生活区，另外还有一个服装厂。办公区有礼堂、大操场、办公楼等，一应俱全。生活区有几排干部职工宿舍，另外有一栋3层的楼房，就是招待所，内有几十个房间，足够我们学习班几十个人住的。招待所里有饭堂，有人做饭，一切都很方便。

我们学习班在海心沙住了一个月。他们仓库的官兵，规定一般情况是不允许走出那条副航道上的小桥的。我们毕竟有些特殊，有时候可以过去走一走。我知道，走过小桥就是猎德村，旁边是成片的荔枝林，间或有些木瓜、香蕉、龙眼、杨桃什么的。再后来，那一带就成了珠江新城，但当时并没有开发，远没有海心沙内那么好。所以我们都很安心地在那里学习，谁也不想没事往外跑。

也就是在那一个月内,我开始认识并熟悉珠江。

茶余饭后,我们三五成群就在江边溜达。我毕竟不是先前那个中学生了,已经见过一些世面了。我首先发现,珠江与我见过的一些江河,有很大的不同。什么黄河、长江、湘江、漓江等,我都是见过的了,好像和眼前的江都不一样。那些江啊河啊什么的,都会在大水下去以后,留下长长裸露的江滩。但珠江没有,什么时候看它,都是满满的江水。有人告诉我,那是因为这里离海很近,海水有涨潮落潮,所以不可能出现裸露的江滩。还有一点,开始我也没有弄明白,那就是无法分辨出江水是往哪个方向流的,也就是说,无法判断哪里是上游,哪里是下游。这也是由于离海太近,潮涨潮落的缘故。你今天看到水好像是往左边流的,从水面上的漂浮物可以判断,例如水浮莲什么的。可是到第二天,那些漂浮物又往右边漂去了。

人们说,只有到了珠江边,才能见到潮涨潮落的景象。

珠江的历史与传说

珠江,原指从广州市区到入海口的96公里长的一段水道,后来不知从哪年或哪个朝代开始,在人们的认知中,逐渐成为西江、东江、北江等诸条河流的总称。

珠江的最大干流西江,发源于云贵高原乌蒙山系的马雄山。马雄山位于云南东部曲靖市以北47公里处，是一个国家级森林公园。这里山清水秀，满目滴翠。春天，满山的杜鹃，有的高达数米。春夏之交，杜鹃花开，姹紫嫣红，灿烂若云霞，与日月争辉。站在马雄山顶，极目眺望，蓝天之下，群山起伏，似万马奔腾。珠江源头自洞中流出，汇流成河，顺势东去，一路狂奔，绝尘而去，流经滇、贵、桂而入广东境内。入粤后，历史上曾一度被称为粤江。穿过广州后，变得支流众多、水道纷纭，并在下游三角洲一带流成网状河区，然后分别经由分布在周边几个市、县的虎门、蕉门、洪奇门、横门、磨刀门、鸡啼门、虎跳门和崖门等8个入海口，浩浩荡荡注入南海。这就是著名的珠江口"八门夺海"。在漫长的中国历史长河中，这"八门"里均隐藏着惊心动魄的故事。最为人所熟悉的是林则徐的虎门销烟。再远的就是南宋之末的小皇帝崖门跳海，成百上千的人葬身于此。

珠江长度2320公里，次于长江和黄河，被称为中国第三长河。而其3300多亿立方米的年流量，仅次于长江，是黄河的7倍、淮河的10倍。从这个角度看，珠江又被称为中国的第二大河，实至名归。

珠江流域面积为453690平方千米，是名副其实的中国南方最大河系。

现在我所介绍的珠江，专指流经广州市区的这一段。

在古代，珠江广州市区河段和今天相比，要宽阔许多，足足有两公里。在这两公里宽的江水中，分布着3个礁石岛，分别叫海珠石、海印石和浮丘石。其中以海珠石最大，所以最早叫海珠岛。因长期被江水冲刷而浑圆如珠，后改称海珠石。珠江，也因此而得名。

广州建城于公元前214年，迄今已有2000多年的历史。

正是那一年，中国历史上第一个皇帝——秦始皇，任命任嚣为南海郡尉。任嚣上任伊始，便在一个叫"番禺"的地方，大兴土木，修建城郭。这就是最早的广州。

三国时期，交州刺史步骘曾以"负山带海，博敞渺目"8个字来形容广州。那时，海浪可以直达越秀山南麓。到了晋代，广州的珠江江面，宽逾1500多米。北魏的地理学家郦道元曾考察过中国的千条江河，为珠江的水量充沛和汹涌澎湃而惊叹。他认为，在中国的所有大江大河中，珠江的水质最好，其含沙量最少，清澈如井水。

得益于珠江，广州城自秦汉起，历经千年繁华而不衰。到了唐宋时期，已成为中国第一个对外通商口岸。

作为中国最早的通商口岸，广州不仅城外有江有海，城内更是水道纵横，四通八达。珠江在广州城内的细小支流，数不胜数，有东濠、西濠、玉带濠、清水濠、大观河、甘溪、北津溪、六脉渠、荔枝湾等。广州人把它们统统称之为"涌"。

在这水网如织的广州城内，为了方便行走，人们在一条条"涌"的上面建起一座座桥，所以也便有了花桥、果桥、大越桥、万里桥、越秀桥、清风桥、流花桥、普济桥、漱珠桥、汇津桥、西门桥、云鞡桥等。桥上欢歌笑语，桥下桨声如歌。

广州又是一个到处充满着美好传说的城市。

其实，广州从几千年前，无疑就是一个水城。似乎每一条油光发亮的石板路,每一座为行人遮风挡雨的骑楼,甚至每一扇打开的趟栊门,都藏着一个说不完的传说与故事。而这些传说,大多都流传了上千年甚至是数千年,有不少传说,直到今天仍然是家喻户晓,仍然会在新一代的广州人心中,存有不尽的崇敬与膜拜。

这些传说,有些带有神话色彩,美丽而神奇;有些是历史的演义,动人心弦,感人肺腑。

其中以2500多年前"五羊降福"的故事,最有代表性。这是一个美丽的故事。说的是很久之前,有位仙人,骑着五只仙羊从天而降,停在了广州。仙人把一茎六出的稻谷,赠送给当地的居民,并祝愿永无饥荒后,便欲骑羊远去。不料,五只仙羊却留恋这里的青山绿水,不肯飞走。仙人无奈,怅然离去,羊化为石,永远留在了这里。这就是广州被称为"羊城""五羊城"的原因。而广州又别称为"穗",也是这个意思。穗,即是仙人留下的稻谷的谷穗。

坡山古渡的"仙人拇迹",是说仙人离开之后,人们发现在仙人站立过的石头上,留下了一个深深的脚印。传说后来人们把这个留有"脚印"的岩石,用围栏围起。据说后来明朝的时候,在南京任三部尚书的湛若水,少年时曾在这里读书上学,发迹后重游故地,在这里题下了"仙人拇迹"4个大字。

这样的故事很多很多,有历史、有传说,也有演义。

例如:刺史筑石井;三元宫与鲍姑井;光孝寺内达摩井;南濠涌上共乐楼;"六脉皆通海,青山半入城",南海神庙的鹿步滘古运河;常春岩与

"南海碣石"；凤凰坳的凤凰传说；吊碑井上飞白鹤；白云山下九龙泉；"岭南第一泉"鸡爬井的传说；张之洞首筑长堤的故事……数不胜数。

近代珠江新潮涌动

到了近代，珠江的命运与中华民族紧密相连，饱受外国列强和反动派的欺凌与蹂躏。

1857年12月，英法联军5600余人在珠江口集结，之后顺珠江向上游挺进。12月28日，西方列强炮击广州，并实施登陆。很快，广州城失守了。珠江两岸人民自发地开展了武装反抗斗争。著名的三元里抗英的事迹永载史册。

1911年，黄兴等领导的革命党人在广州发动了黄花岗起义。

1924年1月，中国国民党第一次全国代表大会在广州召开，形成了"联俄、联共、扶助农工"等重大政策，实现了第一次国共合作。

1925年6月19日，为支援上海的五卅运动，广州和香港爆发了邓中夏、苏兆征领导的省港大罢工，历时一年零四个月。其间，沙面租界里的英军向游行队伍开枪，造成了50余人当场牺牲。这就是轰动全国的"沙基惨案"。

1926年，国民革命军8个军从广州、广西（第七军）、湖南（第八军）整装列队，开始北伐。但是不到一年，蒋介石在上海发动"四·一二"反革命政变，随后在4月15日，广州的反动军阀也向人民开枪，珠江岸边血流成河。

1927年12月11日，为了反抗国民党反动派，共产党人张太雷、叶剑英等领导并发动了著名的广州起义。在敌强我弱的情况下，起义的工人和士兵在珠江两岸和越秀山下以及广州的每条街道上，与敌人展开了殊死的斗争。然而毕竟力量太过悬殊，起义只坚持了3天，张太雷突然牺牲，起义以失败告终。之后敌人进行了疯狂的全城大搜捕、大屠杀，革命人民的鲜血汇入滚滚珠江。

1938年10月上旬，日本侵略军用飞机轰炸了广州，海珠桥受损。10月21日日军占领了广州，广州的国民党守军一枪不放放弃了广州。广州失陷，城里发生大火，烧了三天三夜。珠江水面上，随时可以看得到悬挂日本军旗的军舰横冲直撞。

1949年10月14日，中国人民解放军第四野战军两个纵队从花都、增城两个方向，兵不血刃进入广州城。国民党残部于当日下午在炸毁海珠大桥后仓皇逃离。

从此，广州人民迎来解放。母亲河珠江终于还原本来面貌。两岸鲜花怒放，红旗如海，锣鼓喧天。

全国解放以后，在党和政府的带领下，广州人民精心呵护着广州城和珠江水。广州城市面貌日新月异，珠江广州河段两岸美不胜收。天蓝蓝，水清清。

"六脉皆通海，青山半入城。"

"一湾春水绿，两岸荔枝红。"

新的羊城八景也应运而生：白云松涛、罗岗香雪、越秀远眺、珠海丹心、红陵旭日、双桥烟雨、鹅潭夜月、东湖春晓。

其中有不少景观是解放后广州人民用双手改造出来的。例如"东湖春晓"中的东山湖，就是20世纪50年代人们手挖肩挑造出来的。

广州中心城区，231条河涌如同231条项链，把广州装扮如少女般靓丽，引来无数惊羡的目光。

艇仔粥的美味、鸡公榄唢呐醉人的旋律、落雨大歌谣的快乐童声，沁人心脾……

　　落雨大，水浸街。

　　阿哥担柴上街卖，

　　阿嫂系屋绣花鞋。

　　花鞋做埋花脚带，

　　珍珠蝴蝶两边排。

　　排排都有十二粒，

　　粒粒圆滑无疵瑕……

一位作家曾这样写过，听了《落雨大》这首儿歌，脑海里就会浮现出这样的场景："雨水沿着骑楼的边沿，滴滴答答落入青石板的水洼里，发出好听的叮咚之声；阿哥必是赤着脚踩过大大小小的水洼，溅起声声清脆的水声；而他刚娶进门的美娇娘，正在身后倚门而望，直到背影离开了视线，她才转身回屋，拿起一双还没有绣完的花鞋；花鞋上的珍珠，幻化成夫婿那洁白的牙齿,脸上泛起了两朵娴静的桃花;屋外,邻家的丫鬟稚童不顾母亲爱怜的叱骂,在水洼里嬉闹玩耍,清亮的水珠在初霁的阳光下,发出珍珠似的细碎光芒。"

> 小船排成了一条条街巷,
> 街巷在水面上轻轻摇荡,
> 黎明了,夜雾淡了,散了,
> 街巷也树叶般漂在江上……

这首诗,写的是世世代代漂泊在珠江上的广州水上人家的生活。水上人家,被称为"疍家"。

据统计,解放初期,广州的疍家有14000多户,68000多人。解放前,他们在岸上没有立足之地,过着比在陆地上受压迫、受苦受难的穷人更加被歧视的生活。他们以小船为家,白天劳作,夜晚就停泊在江面上,点上微弱的煤油灯。灯光闪烁,远看像是珠江上漂着万家灯火。遇到狂风暴雨,时常船翻人亡。一家人挤在小船上,稍不留意,就有可能掉入江中。他们的小孩,全在腰里系根绳子,前胸后背上各绑一块浮木,以便于落水后搭救。就是这样的生活,还要受到土匪、流氓的抢劫与欺凌。

反动政府不允许他们上岸居住。说女人上岸就是"水蛇上滩",会毒死人,男人上岸,随时都会被拉去当"猪仔兵"。可以说,用水深火热这样的词,都难以形容疍家仔的悲苦生活。

解放了，人民政府首先想到的是让漂泊在水上的疍家仔上岸生活。1954年，周恩来总理出国访问归来，路过广州，专门乘船查看了广州的黄沙、白鹅潭、沙面一带的水上小艇，了解疍家人的生活状况，并指示广东省和广州市的领导同志，一定要为水上居民修建陆地聚居点和居民新村。

1958年，广州市人民政府拨出20万元，在仙村为他们修建了住宅；1959年又拨出200万元，在河南的基立村兴建水上居民住房。陆续有5000多户、2万多人迁到了新的住宅居住。1960年，中央下拨1200万元专款，先后在荔湾涌、大沙头、二沙岛、如意坊、猎德等15处地方建了水上居民住宅群，使用面积超过28万平方米。从此，疍家仔在人们视线中消失了。

水上居民陆上安居是历史性变迁。从前"小船排成一条条街巷"的地方，现在已经被岸上的一幢幢新屋所取代；从前浸染在"万家渔火"之中的肮脏、灾难、黑暗，现在已被干净、幸福、光明所代替。上岸安居，结束了疍家人"世世水为乡，年年艇作家"的漂泊生涯，使疍家仔成了历史的名词。

这一切都如水上歌手唱的那样：

想起旧时"疍家仔"，

黄连树上挂苦瓜，

由头苦到脚底下。

今日"疍家"翻了身，

甜橙树上挂西瓜，

从头甜到脚底下……

广州人对曾任市长的朱光同志，深情怀念，记忆犹新。

朱光同志是中华人民共和国成立后广州第三任市长。他的前任是叶剑英同志。

1949年10月14日，广州解放。朱光同志带着接管干部随解放大军进入广州城。

10月28日，中共广州市委成立，叶剑英同志任广州市委书记。同时，广州市人民政府成立，叶剑英任市长，朱光任副市长。12月，朱光任广州市委代理书记。1954年10月，朱光任广州市市长。1955年，广州市改为省辖市，朱光任省委常委、常务副省长，广州市委书记、市长。

朱光市长在20世纪50年代初，率先提出"绿化广州，美化羊城"的城市建设思想，号召开挖麓湖、流花湖、荔湾湖、东山湖、越秀湖等几个人工湖。1958年，市政府发动全市人民参加义务劳动，挖掘人工湖，朱光市长身先士卒，卷起长衣长裤，带头参加劳动，被广大群众交口称赞。

东山湖位于广东省委和广州军区旁边，最先这个地方叫"崩口塘"。说塘也并不恰当，之前这里没有塘，只是一片沼泽地。"崩口"是广东话，意思是瓷器边上因为碰撞而出现的不规则的豁口。一片一片的，大点的就叫"崩口塘"。

东山湖成为湖之前就是这个样子的沼泽地。

1958年5月，广州市提出"苦战三年，改变广州面貌"的口号，当时公布的五大工程之中就有东山湖工程，就是要在"崩口塘"一带挖出一个人工湖。

当时省委号召，周边广东省委、广州军区，还有中南局机关以及附近的人民群众都要参加这一义务劳动。

历经一年多的时间，建成了面积超过0.33平方千米，其中湖水面积0.2平方千米的人工湖。

开工的时间是1958年4月8日。除了把湖挖好，还修了两个水闸——新河浦水闸和船闸，把湖水经新河浦引向省委和广州军区机关院内。1959年5月1日，两道水闸开始放水，并向游客开放。1959年10月，这个人工湖被正式命名为东山湖。

东山湖的建设，既消除了过去百子涌、中山路、农林下路每次洪峰到来时受到水淹的威胁，也彻底改变了过去新河浦、百子涌污泥浊水漫流的现象。

1960年10月，朱光市长离任赴京前，写下一首词《望江南·广州好》：广州好，解放十春秋。苦难已随流水去，繁华事业仗群谋。与众乐淹留。

朱光市长本就是一位才华横溢的诗人，他的系列组词《望江南·广州好》，共写了50首，其中不少是吟咏广州水情的，如：

咏流花湖：广州好，忆旧访流花。桥畔象山迎盛日，湖开新翠舞飞霞。春色遍天涯。

咏东山湖：广州好，东浦出东湖。红雨浥堤滋弱柳，碧波荡漾耀明珠。

高下若平芜。

咏荔枝湾：广州好，夜泛荔枝湾。击楫飞觞惊鹭宿，啖虾啜粥乐馀闲。月冷放歌还。

咏石门返照：广州好，晚照石门天。绿水青山霞绛染，蜃楼明月海潮喧。唤我不归船。

咏珠江：广州好，月上试凭栏。银汉繁星燎夜宇，珠江渔火照明澜。俯仰几回看。

咏珠江夜游：广州好，夏夜放中流。渔唱激湍胸底阔，海云舒卷弄飞舟。更喜月如钩。

咏端午龙舟竞赛：广州好，端午赛龙舟。急鼓千锤船竞发，万桡齐举浪低头。屈子不须愁。

朱光市长有感于集中人力修水利的壮举，还写了七绝《修渠》：开渠凿浚事平畴，筑库修池雨雪留。千万雄师排灌泽，风高不让水空流。

他在一次游珠江时，想到以前水上疍家人的悲惨生活，还写下了《游珠江》：半世浮家骇浪中，白云山月慰孤篷。无才解赋珠帘雨，谁肯相赊一席风？

二　东西南北中，发财到广东

"东西南北中，发财到广东。"

这句话，我听着耳熟。

1978年，改革开放的号角在古老的神州大地上吹响，南岭起舞，珠江欢腾。广州以至广东，再次站在了时代的潮头！

人们习惯的说法是：这里是改革开放的前沿。

记得20世纪80年代，有一位退伍的战友，在广西某县城一家工厂当办公室副主任。一次，组织上派他带几个人到广州来实地看一看，名曰考察。其间他看到了人们使用大哥大打电话，觉得十分新奇，回去后为了证明广州改革开放的成绩，便对人讲起这件事，说，在广州，人家打电话都不用电话线，甚至在马路上走路，还可以边走路边通话。他说的这种情况，属亲眼所见，一点也没有夸张，但却没有人相信。他的顶头上司、办公室主任还表现得非常气愤，当即拿起办公室的电话，拔掉线，把话筒很不客气地递给我那位朋友，说："打电话不要线？简直胡说八道。好，你现在打一打，看能不能打得通？瞎吹牛！"

还有一件我亲身经历的事。1980年，军区文化部组织部队基层的几个业余作者去深圳参观。一早大家从广州上了港九直通列车，因为时间早谁都没有吃早餐，所以上了车便约着去餐车。我走在后面，可是还没有到，就发现有两个前面走的同志返回来了，边走边说："太离谱了，一碗一口能喝干的稀饭，竟然要收1块钱！"那时我们一个连级干部，一个月才54块钱。

这就是差别。

不知道还有没有人记得，广州有种鸡，叫太爷鸡。

太爷鸡，不是鸡本身有什么特别，而是指做法上的不同。"食在广州"，这话已经流传了很久。太爷鸡据说早已有之，后来由于众所周知的原因，没有或很少听说了。可是，在20世纪七八十年代却突然出现了。一个很小的门面，广东话叫"摊档"，牌子打的就是太爷鸡，一天只卖100只，再多人排队要买，也不卖了。当时在广州生活过的很多人不会不知道，要买到太爷鸡必须早去，并且要排很长时间的队。

太爷鸡的火，传出了一个信号，国家不再限制个体户了，甚至还有鼓励的意思。

如果不记得太爷鸡，那高第街肯定是很多人都知道的，当时确是红遍了中国半边天。这话毫不夸张。

高第街，是一条宽不过五六米，长不过两三百米的小街，本是深藏在闹市一隅的小商品集散与批发市场，一夜之间爆红长城内外、大江南北。现在回想起来，实在令人百思不得其解。

可是，实实在在的，从高第街开始，市场经济的大潮浪头，在珠江边上的一条小街上兴起，白浪接天，席卷全国。

这话好像有点过，其实不然。那时做生意的人，从内地到广州，十有八九是冲着高第街来的。

高第街所传出的信号，比太爷鸡要强得太多太多。当看到拥挤的小街上，到处是背包的、拉车的人，把一批又一批的货物从这里发到长沙、武汉、北京、上海，人们仿佛明白了，世道真的是变了，可以做生意了。

也许就在这时候，"万元户"成了人们追崇的目标。

紧接着，在广州出现了一个个灯光夜市，整个广州真的成了不夜城，人声鼎沸，通宵达旦。人们拿着之前国家配发的粮票去兑换各种小件物品，包括塑料盆、塑料桶、巴掌大的计算器等。其中全国粮票最为值钱。后来，各式服装也多了起来，西湖夜市、区庄夜市，一个接一个，令人目不暇接。

有人说，在内地，到了晚上八九点，要找个地方吃饭，非常难。可广州的夜市，到了凌晨四五点钟，依旧灯火通明。有人，就有消费，有人消费，就会有要吃要喝的去处。于是，大排档应运而生，而且一家连着一家，可谓热闹非凡。人挨人，人挤人，大呼小叫，拥挤不堪，似乎全国的人都集中到广州凑热闹来了。当然，这些人并非来凑热闹的。

人们都喜欢用"敢为天下先"来形容广州人。从高第街到灯光夜市的兴起，就是个最好的例证。

人们一定还记得，在夜市用粮票换各种日用品吧。粮票本来是用来买粮食的，没有人会想到还可以用它换别的东西。但更没有人想到，广东成了第一个取消粮票的省份。

再后来很多东西，都是全国跟着广东走，广东一直领全国风气之先。甚至连内地很多人一听就摇头的广东话，也一度成了"官方语言"。例如，"埋单""打的""搞定"等，俨然成了全国人的口头语。

人们一定还记得海珠广场边上的广州宾馆。27层高，是当时全国的第一高楼。这一高度，曾让广州人为此骄傲了好几年。遗憾的是"骄傲"了没有多少天，就降格了。因为全国各地更高的楼出现了。

不久，因广交会搬家，27层的广州宾馆也被冷落了下来。而新的广交会周边，又多出了两家五星级宾馆。一个是东方宾馆，另一个就是中国大酒店。

这两家并非广州最早的五星级酒店，广州的第一家五星级酒店是位于沙面的白天鹅宾馆。同时，它也是全国第一家合资的五星级酒店。

"白天鹅"创下广州的又一个"全国第一"。

事实上，广州之前在城市交通建设方面也有个"全国第一"，那就是区庄立交桥。它于1983年底开通使用，别看现在早被淹没在四周的高楼大厦之中，显得有点灰头土脸，当时却是全国第一座4层立交桥。

白天鹅宾馆这个全国第一更是名副其实，至今仍不逊色。不只是因为它的高度和装修及各种设施的高档，而且由于它是港资参与修建的。

白天鹅位于沙面的临江一隅，因为沙面是原来的外国租界，所处位置特殊，一草一木都有纪念意义，都要受到保护，不可随意拆迁。白天鹅宾馆并没有占太多的沙面地盘，基本上没有改变沙面的环境和地貌。其基本用地全部是填江填出来的。外面就是珠江上的白鹅潭。白鹅潭是珠江上两条河道的交汇处，水面宽阔，甚至有水天一色、一望无际的感觉。

白天鹅宾馆的建成，开创了外资进入内地的历史，再后来外资、合资项目，如雨后春笋般出现在全国各地，说白天鹅宾馆是广州乃至全国的又一个"第一"也是说得过去的。

当广交会搬到新址以后，广州的中心好像也随之到了三元里一带。那里不仅有广交会，还有广州火车站，加上东方宾馆和中国大酒店等五星级宾馆，这里成了现代化中国大都市的样板。之后，随着另一家五星级宾馆——花园酒店的落成，广州市中心沿着环市路继续东移。那里不仅有花园酒店，还有早些年已经建成的32层的白云宾馆，还有国贸大厦、友谊商店等。

再之后，广州市中心继续东移，最早的标志是五羊新城的开发。五羊新城原是一片菜地，市区到这里已经打住了。过了这片菜地，便完全是农村。

因为五羊新城的落成，一条新的马路打通了。这条马路叫寺右新马路。

五羊新城的开发，把市区向东延伸了，接着一条新的大道诞生了，那就是广州大道。

我不会忘记1985年那个中秋，我们几位战友在广州大桥上赏月的情景，两年不到，广州大桥上已经是车水马龙了。随后，在珠江广州段上，接二连三地出现的大桥，更令人咋舌！广州大桥，实际上是第三桥，因为前面还有海珠桥、人民桥。随着广州大桥的建成，又有解放大桥、江湾大桥、猎德大桥、海印桥等陆续建成，好像是一夜之间，珠江上架起无数条大桥，令海珠区真正融入到了广州市，成为市中心。也把几十年前人们说的"宁愿河北一张床，不要河南一座房"的时代，变为了历史。从此海珠区成为广州市中心不可分割的一部分。与此同时，广州大桥上也开始拥堵起来。又过了几年，不得不在旁边又加宽了一条。

其实，相隔只有两年，可见广州城市建设的速度。

这样的变化，得益于1987年秋的全国第6届运动会。

六运会是第一次在北京、上海两个直辖市之外办的大型运动会。这又是广州的一个"第一"。全国运动会前五届有四次是在北京，第五届在上海，第六届便到了广州。这也是全国经济发展的一个必然选择。

为了办好这届运动会，广州市首先建起了天河体育中心。喜欢看足球的人称之为"天体"。这是跟北京人学的，因为北京有个体育场叫北京工人体育场，那是北京足球队的主场，他们可以把主场场地叫作"工体"，那么广州人也可把曾拿过10次全国联赛冠军的广州队主场场地——天河体育中心叫作"天体"了。

天河体育中心的建成，其意义并非只是为了一届运动会，而是把广州的中心，东移到了天河区。

天河区的发展，无疑带动了周边一带的建设。这里原本就有广州东站，几乎是和"天体"同步建成，80多层的中信广场以及市长大厦等一大批现代化的高楼，仿佛是一夜间拔地而起。到六运会召开的时候，以天河体育中心为代表的广州市新的市中心，已经初现规模。

然而，天河的变化并没有到此止步。这就是后来珠江新城的开发与建设。

珠江新城与五羊新城，其格局完全不在一个档次上。与"天体"一路之隔的珠江新城，在六运会以后，开始进入了大面积开发。珠江新城与五羊新城之间，是广州大道，珠江新城与"天体"之间是黄埔大道。可以说，珠江新城的开发，成就了广州大道和黄埔大道。广州大道，成为广州南北贯通的主干道，黄埔大道本是原广州著名的中山路的向东延长线，其繁华程度和各式建筑的高端水平，不是原中山路能比的。

广州大道和黄埔大道，完全改变了广州的城市面貌。

然而，改变广州面貌的远不止这两条马路。

内环路的开通，大大地开拓了广州的城市中心。广州老城区的汽车拥堵现象，早已经到了不堪忍受的境地。可以说，内环路到了必须修建的程度。人们一定还记得，内环路开通时有一幅摄影作品，影响甚至震撼了多少广州人。那就是内环路经过的人民南路段，刚开通时，参观的人群挤满了内环路上的一个"人"字路口，摄影师便拍下了这张以"人"为形象的作品。人们无不感叹："广州，人真多啊！"

广州地铁开通了。先是从1号线开始，接下去又有好几条线路相继开通，广州在不知不觉中，变成了一个国际大都市。这说的当然是它的格局与格调。

地铁1号线连接的是西塱和广州东站。据说广州是全国第三个开通地铁的城市。前面两个自然是北京和上海。

之后不久开通的地铁2号线和3号线，把市中心向南扩展，把番禺也纳入城区交通网络中来。

据有关方面统计，广州地铁的2号和3号线，一经开通，就成了全国地铁最繁忙的两条线路。

2号线的起点是广州南站。这里原本是番禺的一片荒山野岭，由于地铁和高铁的开通，这一带一下子和广州市区连成了一片，成了广州市区的一部分。地铁2号线给沿线的老城区，例如海珠广场、北京路、中山五路、中山纪念堂、越秀公园等注入了新的发展动力，这一带随之发生了翻天覆地的变化。

3号线从另一个方向穿过番禺区、海珠区、天河区，直达新白云机场。中间经过珠江新城，更是让其成为真正的广州市中心。随着九运会和亚运会的举办，经过广州最高的建筑广州塔，越过珠江，连着"海心沙"，穿越珠江新城和天河体育中心，最后通向广州东站，最终确立了广州新的中轴线。

市中心区东移的成功和新的中轴线的确立，足以说明广州城建的辉煌成就。

新的白云机场加上两条地铁线——2号线和3号线，把原是城外的白云山，变成了市内的一个风景点。

这些也只是广州改革开放后的城市变化，其实远不只是这些，这些统统只是广州的一个点。

地铁从机场通到花都内，让整个花都真正融进了广州市的市区。还有从化。花都和从化，原本都是广州的郊区县，改成区虽然已经好多年了，可人们总感觉它们离广州还很远很远。地铁开通以后，人们一下子觉得，它们已经是广州市的一部分了。

早在国家"十一五"规划颁布之初，广州就提出了自己的"东进、西联、南拓、北优"的发展战略。

花都和从化，属于"北优"的发展目标。这两个区原是广州市北部的两个县。老广州人把这两个县形容为"内地"甚至是"北方"好像一点都不奇怪。都说广州不下雪，可是从化除外，殊不知从化下雪不说是常事，也并不罕见，可见其离广州中心城区有多远。但是由县改区之后，花都和从化两个区人口爆增、经济突飞猛进，加上高速公路和高铁的开通，已经成为广州名副其实的北大门了。

世界真的变小了。

当然，除了花都和从化、番禺，还有白云区、荔湾区、黄埔区、天河区、越秀区、海珠区、增城区、南沙区……

要不怎么说，广州经过三四十年的发展，人口从100万、300万、500万，发展到今天的1800多万呢？广州的面积也由原来的100平方千米，发展到今天的7434平方千米呢？

广州市随着人口呈几何级的跃升，经济得到前所未有的发展。位列三个一线城市之一。"北上广"的说法，早已是家喻户晓。

三 231条珠链成了231条黑龙

污染的魔咒

先发展经济,然后治理污染,这是世界上很多城市的教训。广州人不是不知道,但防来防去,最终还是没有躲开这一魔咒。

昨日清澈碧透的珠江水,慢慢地失去了本来的面目。

中国幅员辽阔,江河众多,水系发达。但从总体来说,人均占有淡水资源不足。

"六脉皆通海,青山半入城",说的就是广州。

广州确实是一座美丽的宜居城市,是个有山有水的好地方。她处于珠江出海口边,数万年以前,还曾是大海,后经珠江的泥沙沉淀淤积而成。

广州水系发达,多少人赞誉威尼斯是世界上最著名的水城,其实广州并不比威尼斯差到哪儿去。由于受热带季风的影响,雨量充沛,雨落下来,汇集于中心城区,就形成了231条河涌,完全和威尼斯有得一比。水流量仅次于长江的中国第二大河珠江，横贯全省，广州市内水渠纵横，是名副其实的水城。

广州城建于公元前214年，至今已有2000多年的历史。公元226年，番禺手工业已经开始发展了。这一年番禺被正式命名为"广州"，接着她成为海上丝绸之路的始发港。在唐代她已经成为世界上最著名的大港。五代十国时期，广州已成为重要的大都市。可以想象得到，那时的广州和珠江肯定不是现在的模样。在世界上最著名的大城市中，市中心位置一直没有变化的只有3个：罗马、亚历山大港和广州。据说那时广州人口不足万人，与现在的1800多万，当然不可同日而语了。

当年的南越王国，生产规模十分有限，对大地、河流，基本上构不成污染。即使有些许污染，也在自我消化的范围内，对人们的生活和健康不会有任何影响。流水不腐，随着时间的推移和水的流动，污染也就被净化了。

但是，随着人口数量和工业规模以几何倍数增长，珠江的自净能力，已远远不足。

1980年，广州人口600万，30年后，广州人口猛增到1000多万，GDP也同时增长了180多倍。这样的扩大速度，这样的发展规模，自然就会威胁到环境。于是，广州的水一天一天地变了，变脏了！

广州、珠江，以前是不脏的。说是以前，其实并不久远。20世纪50年代，人们可以随时跳进珠江，游他个畅快淋漓，或下河捞鱼抓虾捉螃蟹。每到傍晚，就有许多小艇划来划去，那是卖小吃的。其中艇仔粥最为有名。以至到现在，许多大宾馆大饭店，还在供应艇仔粥，名字一样，实则二者毫无关系。可能是人们以这种方式在怀念几十年前没有污染的广州吧！

珠江水被污染了，说起来很可怕，其实一点也不奇怪。

欧洲那些老牌资本主义国家又如何？

当年号称"日不落帝国"的英国是蒸汽机的故乡、第一次工业革命的起点。英国的首都叫伦敦，很多中国人都知道，以前提到伦敦，总要在伦敦的前面，加"雾都"二字。这个"雾都"肯定是贬义的。因为全城的各个角落，天天都藏在雾气腾腾之中，你说不在前面加上个雾字，反而会觉得说话的人，有点不明事理了。

伦敦有一条河，叫泰晤士河。泰晤士河的污染程度，曾一度被称为世界之最。

就是这么个发达的资本主义国家，为了把首都前面的那个"雾"字去掉，前前后后经历了120年的漫长岁月。

欧洲还有个老牌的资本主义国家，叫德国。工业革命开始以来，他们作为发达的资本主义国家，所受到的工业污染，相对较轻。当第二次世界大战结束后，德国成为战败国。焦急和屈辱中，他们忘记了辩证法，忘记了事物发展的必然规律，他们想迅速崛起，想恢复强国地位。于是，新的灾难随之而来。那就是污染，莱茵河被污染了。

莱茵河发源于瑞士南部，全长1300多公里，有将近一半流域是在德国的原野上，是德国境内最长的河流。"莱茵"两个字的意思就是"清澈明亮"。莱茵河蜿蜒曲折地从两岸低低矮矮的山峦中、从翠绿的葡萄园旁、从掩映在群山中的古堡旁，缓缓流过，河水格外清澈，河面格外宁静，大马哈鱼等几十上百种鱼类，成群结队地在河水中追逐游弋。

但是，由于德国急于医治战争创伤、急于恢复大国经济，莱茵河两岸包括能源、化工、冶炼在内的众多大型企业，同时向河要水，又同时把生产的污水排进莱茵河。不到5年的时间，德国的天空烟尘滚滚，莱茵河也一改其"清澈明亮"的本来面貌，在长达几百公里的河段上，包括大马哈鱼在内的所有鱼类，全部消失得不见踪影。莱茵河也成了"欧洲大陆的下水道"，有人更是戏称它是"欧洲的公共厕所"。

有人称赞德国的工业产品质量最好、精密度最高，可是人们忘记了，正因为这样，德国的污染速度也是全世界最快的。

莱茵河的污染只用了三四年的时间，可是治理它呢？一向办事认真的德国人，却用了半个世纪！

我们的广州呢？我们的珠江呢？

清流变黑龙

记得是20世纪80年代末，还在读小学的女儿，一天拿篇作文给我看，让我签名。我一看，标题是《一条哭泣的小河》，只瞄上一眼就让我为之一震。女儿写的这条"哭泣的小河"，我非常熟悉，就是我们家附近的那条"沙河涌"。我每天从这里经过，也许是太熟悉了，到了熟视无睹的程度，但是孩子的心灵是纯洁透明的，不容有任何污染。她的一篇作文引起我无限的感叹。

我国本来就属于水土流失严重的国家，森林覆盖率低，后来因为乱砍滥伐，带来更为严重的后果，水土流失面积达到150万平方千米，每年注入江河的泥沙为50亿吨，相当于全国耕地被刮去1厘米的土层，流失的氮、磷、钾相当于4000万吨化肥。想想，就会毛骨悚然！

不久以后，我在报纸上看到一篇新闻。说的是一个青年人，因为恋爱受挫，有了轻生的念头，便跑到海珠桥上，想从这里跳下去，了却此生。等他跳下去后，便有人报了警。因为，这里跳河自杀的事，时有发生。让人万万没有想到的是，施救的人刚刚赶到，那个青年又从河里爬了上来。别人问他怎么回事，发生了什么，他却说了句让在场的人都很惊诧的话："我本来是不想活了，但是下了水才知道江水太臭，死在这里划不来，所以不得不又爬上来了。"

这或许是个笑话，但足以证明，珠江已经污染到了何种程度，连想死的人都不能忍受了。

广州河涌污染严重，路面上污水横流，最终都流到了珠江。本来是从云贵高原流来的珠江水，水质优良，如今污染程度连一个想跳河而死的人都不能忍受了，确实让人不敢相信。

广州从古至今，水系发达，河网交错，素有"岭南水乡"之美称。截至2020年底，全市河流（河涌）共计1368条，总长5542.4公里。荔湾、越秀、海珠、天河、黄埔、白云等中心城区，河涌共231条，总长为913公里。这些河涌，受潮汐作用，游戏般涨涨落落，冲刷力不强，易于淤积。所以广州河涌常见淤积，并不奇怪。农耕时代，广州河涌还能自己净化，但到了工业化的时代，城市快速扩张，河涌的自净能力不足以抵消污染，水质便迅速变差，也是意料中的事。

广州北郊有条石井河，本来有着南国水乡的特色，水质清澈，和污染前的莱茵河有得一比。岸边古榕遮天蔽日，艇仔四处穿梭忙碌，可是到了20世纪90年代前后，这里吸引来几十万人蜗居，上万家小企业在此集中，石井河一天天改变了原来的模样。

"石井"本是个一听到名字就会有很多美丽遐想的地方，而且有着厚重的古文化积淀。"石门返照"就是这样一处从宋代就被列入羊城八景之一的景点。

石井桥是石井河上的石桥，是清代的建筑，桥面上至今还留有当年日本侵略军留下的弹孔，每每让人们感慨万千。可是，河水的污染，使动人心魄的景观、古代留下的文物失去了原来的色彩，变得"不堪入目"。

石井河涌，就是那231条"黑龙"中最为有名的一条。它全长19.44公里，有大小支涌71条，总长129.40公里。石井河在白云区，所以有人说，广州治水看白云，白云治水看石井。

居住在此的80万人，每天排出生活污水20万吨，沿岸的小工业企业，似乎不甘示弱，每天把5000吨污水排入涌中，再几经流转，迂回流入珠江。

有居民说，石井河臭气弥漫，我们仿佛生活在公共厕所里。也有人说，河水黑得如同墨汁，用笔可以蘸着写字。还有人形容说，石井河水看着像是芝麻糊，都有种想尝一口的欲望，可是一闻却是臭的，马上就要呕吐。

北边有条涌，叫马务涌。马务涌边上有条街叫马务食街。在马务食街，每天从早到晚都是烟雾缭绕，人声鼎沸。与此同时，残羹剩汤流到涌里，使水面上油渍浮动，太阳一照，五光十色。

更不可思议的是，沿涌一些地方，租给了外来的人养猪。这些养猪场规模不大，设施简陋，每天都有大量的猪粪被冲入涌中。人们把这里称为"公共厕所"也不过分。

石井河向南有一条涌叫圳头涌，涌的两边是老百姓种的蔬菜。涌水受到工业废水污染后，重金属严重超标。用这样的水浇灌种出的蔬菜，含有重金属毒素，人们为圳头涌起了个名字，叫"蔬菜杀手"。知道底细的人不会买这里的蔬菜，但还有大量不知道底细的人呢？

石井河再往南就到了新市涌。这里已经接近广州市中心地段。这里依旧是垃圾成山，便成了老鼠的乐园。每天有成千上万只老鼠在这里觅食、繁殖，一时间"老鼠天堂"成了这里的代名词。陌生人到这里问路，只说"老鼠天堂"便会有人准确无误地指给你，比卫星导航都方便、准确。

白云区有个江高镇，江高镇有条"筷子河"。这条所谓的河不过1.5公里长，并不是天然形成的几千条涌中的一条，而是1965年政府号召人民公社社员和政府工作人员，用手挖肩抬修出来的，目的是灌溉附近的农田。确实，在前30年，这条"涌"对于江高镇的农业丰收起到了十分重要的作用。可是30年后，完全变成了另一番景象，河涌里到处是塑料饭盒和一次性筷子，所以人们干脆叫它为"筷子河",才觉得名副其实。

还有人叫它"死猪河"。死猪河,就是说乌黑的河道里常年漂浮着膨胀如鼓的动物尸体……

广州的河涌,由清变浊、变臭、变黑,仿佛是瞬间之事。毕竟水体两侧,人口和建筑密度太大了。比如东濠涌沿岸,一度每天产生72吨垃圾。污染源如此强大,工业化带来的工业污水和人口爆炸带来的生活污水,使河涌更加难以承受。

似乎,广州已经是在劫难逃,积污成淤,积淤成毒,最后沦为"黑臭之渊",成为"死水"。似乎,人们已经死心,不再抱任何希望了。这个时候,或许很多人听到河涌嘶哑的哭泣,人们麻木了,甚至会有"既然已经变成死水了,多丢些垃圾,多倒些剩菜剩饭,又如何"的心理,于是,河涌的污染更雪上加霜。

东濠涌,全长4.5公里,始于麓湖,上游已经覆盖成暗渠,东风路以南还有1.89公里敞开着。

这条东濠涌,不是一条普通的河,因为它见证了一座城穿透苍茫的历史,是一条有内涵、有故事的河。

在历史上,东濠涌是珠江的一条天然支流,它发源自白云山的甘溪、文溪,止于现在法政路附近。

甘溪自唐代时期疏浚后就开始通航。涌宽水深,可以通舟船,是广州城东的交通要道,也是当时广州居民主要的饮用水渠之一。文溪原经过一个叫

"小北"的地方，穿城而过，水量充足。

东濠涌正式得名是在明代，从那个时期开始它成为广州东城区的护城河。直到民国初期，拆城墙、筑马路，东濠涌才失去了护城河的功能，但一直保留着排水的作用，是麓湖的主要泄洪通道。

现在的东濠涌仍发源于白云山下的麓湖，在麓景路入地下暗河，经下塘西路到小北路，在北较场路附近转为明渠，沿越秀路一直南下，在江湾大酒店旁注入珠江，全长约5公里。东濠涌的南段，上方建起了高架桥。

旧时的东濠涌，是水上交通的大动脉。那时老百姓撑着船，船上堆满各种瓜果蔬菜等农产品，顺流而下，到东濠涌的三角市附近交易。在三角市附近还有糙米栏、猪栏等。"栏"就是仓库的意思。东濠涌因水运发达，是主要的运输河道。附近还有顺天祥锯木厂。所谓锯木，就是把从上游运来的原木，锯成所需的木料。市民们收市后，会逐家逐户收集大小便，将其作为肥料运走。

那时的河水很清，总有些小男孩子光着屁股，跳入涌中玩乐。每天都有人在河里捞红虫、钓鱼。天热时，有人在树荫下乘凉。傍晚，老年人在涌边支起桌子打起麻将。年纪大些的妇女，在帮别人"开脸"，就是修眉和拔脸上的汗毛，使得脸上光洁好看。这一少见的美容方法，在这里出现，似乎日子本就该如此。

在东濠涌的越秀桥头，立有"整理东濠下游碑记"，记载了1932年百年不遇特大洪水后疏浚东濠涌、强化它的泄洪功能的经过。1958年上游修建人工湖——麓湖，东濠涌成了麓湖的泄洪渠。随着白云山的开发，森林面积缩小，加上麓湖蓄水，东濠涌流量骤减。自2001年，为了保护麓湖水质，周边的污水汇入了东濠涌，自此，东濠涌正式成为排污水道。

不知不觉中，时间悄悄地流过，东濠涌两岸人们的生活也在发生着变化；不知不觉中，人多了起来；不知不觉中，人们喜欢上了化肥，不再去搜集农家肥了。

不知不觉中，水黑了，臭了！枯水期河底的污泥裸露出来，更是恶臭难闻。

为了缓解黑臭，东濠涌北段被覆盖了，成了暗河。随后建了一个闸门，把污水送到污水处理厂处理。而下游的南段呢？只能靠珠江的感潮和下游居民生活的污水来补充了。

翻开天河区的历史，看到的是一幕幕的热火朝天，和一浪高过一浪的经济建设高潮。

天河区是1985年5月24日经国务院批准建立的广州市属行政区，1999年成为广州新的城市中心。天河区地势北高南低，由北向南呈逐渐倾斜形态。南部在珠江沿岸的东圃、员村、石牌、猎德一带，共有7条主要河涌。从东到西依次为深涌、车陂涌、棠下涌、程界涌、潭村涌、猎德涌、沙河涌。

7条涌全由北向南注入珠江。

由于城市化进程加快，村中大量建房，致使河涌变窄，有些支涌断水。如1996年沙河涌的西支涌成了下水道。而且天河区有70多万外来暂住人口聚居于城中村，如靠西边老城区的石牌村、冼村、猎德、棠下、车陂等村，均有3万至5万人,其他村也有万人以上。在城中村,大部分污水直接排入河涌,造成河涌水质变黑变臭,最后全部注入珠江。

在7条河涌当中,最具有代表性的河涌是车陂涌、猎德涌和沙河涌。这三条河涌,流经天河人口最密集、商业最发达的地方。而且由于基础设施薄弱,这三条河涌污染最为严重。

车陂涌,由北向南穿过天河区,全长25.4公里。

车陂涌上游是筲箕窝。筲箕窝高220米,山顶还有筲箕窝水库。车陂涌上游属于山溪性河流。每当暴雨来临,山上瞬间汇集大量雨水,往下游倾泻,水量惊人。在车陂涌堤岸整治的过程中,就多次出现山洪暴发、卷走未完工堤岸的事件。

而在枯水期,车陂涌完全是另外一副面貌。整治前的车陂涌,约10米宽的河涌仅有五六米宽浅黄色的河水,河水最深的也仅仅是三四十厘米。在水更浅的地方,不时会浮起一串串黑色的泡泡。河涌两岸均是布满苔藓的石头,上面落满红、白、紫色的塑料袋,还有矿泉水瓶、橡胶、一次性水杯、树皮等。

这个地段是原广州氮肥厂的排污口,多年来排放沉淀下来的化学污染物,使得车陂涌这一地段河水发红。化学污染物沉淀后又与淤泥混合在一起,在枯水时期,不断散发着恶臭。

车陂涌很长,上游来水很少。而这一地段离车陂涌的出水口很远,珠江涨潮再大也无法给车陂涌的这一地段补水。所以大部分时间内,河涌露底,臭气熏天。

猎德涌，主干流部分起源于华南理工大学校区内的人工湖，经涵洞过广深铁路后，由北向南流经省水电水利学校、天河北路、岗顶、天河路、黄埔大道、珠江公园，于猎德村汇入珠江。猎德涌具有山溪性河流和感潮性河流的双重性特征。

猎德涌流经的都是人口密集、经济发达的地区。

村民回忆，20世纪五六十年代前，猎德涌里盛产鱼虾，人们随时可以下河捞小鱼小虾，作为下酒小菜。

"那时河里还有疍家，他们在河中以捕鱼、运货、载人为生。"

对于上了年纪的人来说，猎德涌是他们孩童时代最重要的玩乐场所，他们在这里学会了游泳。近60岁的林恩厚老人谈起小时候站在猎德桥上往下跳水的情景："那么多孩子，站在桥上一齐往下跳，扑通就下去了！"

2000年左右，每到夏天，猎德涌还是人们戏水解暑的好地方。他们认为猎德涌水质就是那时变差的。

从那时开始，猎德涌人口突然间剧增，各种污水直接排放到涌里，河就自然变脏了。过去美丽的猎德涌，在急速城市化的进程中，渐渐被扭曲成一个"怪胎"。

在旱季，涌里的水几乎干涸，每秒的流量只有0.2~0.3立方米，裸露出黑色的底泥，阳光一晒，臭不可闻。

沙河涌，下游经杨箕村，在这里又叫杨箕涌，因含沙量多而得名。它发源自白云区耙齿沥水库，向南流至沙河大街，有支流汇入西坑，经杨箕村在五羊新城附近流入珠江前航道。前面说的，女儿小学时写的作文《一条哭泣的小河》指的就是它。

沙河涌历来为白云山东麓排洪和为沿岸耕地提供灌溉之用,但常因排洪不畅而泛滥成灾。20世纪80年代后期,因天河及五羊新城的开发成为天河区西部排洪排污的河道。

沙河涌的两岸密密麻麻建起了楼房、商场,特别是沙太路边连续有7个大型停车场,沙和街道以东的沙东街道上建起大型的服装批发市场。这个批发市场全国闻名。

在沙河还有样东西很有名,那就是沙河粉。我有位战友是武汉人,来过广州,曾对我说,最喜欢吃广州的沙河粉,并问我现在还有没有。我说,沙河粉当然有,但已经不是沙河出的沙河粉了。沙河已经做不出人们以前喜欢吃的沙河粉了。

从燕塘路到沙河大街,是市区人口密度最大的地区之一。多数排污口直排沙河涌。

正是这条沙河涌,最终流到五羊新城,到了我们住的小区附近,成了女儿作文中"一条哭泣的河"。

讲到广州治水,不能不讲到流溪河。

流溪河,是广州北部的水源,那是广州市民的命根子水。

流溪河地处广州北部的从化区,是著名的国家旅游风景区,从化温泉,名扬四海,招来多少天下游客!那里青山迤逦,绿树成林,空气新鲜。清澈的流溪河,是从化儿女的母亲河,更是广州市人民的母亲河。因为,她是广州的饮用水源。今天流溪河的水,明天就会流入广州千家万户的锅里、碗里、杯里。所以说到治水,对流溪河来说,不是治理而是保护。不让污水流到流溪河,怎么重视也不过分。然而不看不知道,一看吓一跳。

在流溪河的上游,有个良口镇,良口镇有个小村,叫溪头村。溪头村位于高山峡谷之中,四周被森林覆盖。溪头村的村民,都是在自家家门口,把生活污水顺手一倒,随它横流,先是流入了村边的射山溪,最终汇入流溪河。至于环境保护,人们根本没有这个概念。

还有一个村,太平镇钱岗村,地处流溪河畔,有200户人家,常住人口700人。他们平时的生活污水,采取明渠收集,直接排入村前的鱼塘,每到枯水季节,鱼塘水少了,淤泥露了出来,塘周边也是奇臭无比。鱼塘里汇集的水,最终也是汇入流溪河。之后呢,就流入了广州人的锅里、碗里、茶杯里。

触目惊心!可是,在流溪河两岸,何止这两个村庄?说成千上万,或许是夸张,可总有成百上千吧?

值得欣慰的是,流溪河下游的污染,主要来源是工业污染和部分生活排污,政府从根源上把这两个问题解决好了,水质得到了明显提升。

番禺区的政府所在地叫市桥。

番禺是很值得骄傲的,因为2000多年前就已经有番禺了。

番禺始建于秦始皇三十三年(前214),真是够悠久的了。不过,很多人在这个问题上的判断有误。彼番禺不是此番禺。那时的番禺是指现在的广州老城区。后来的番禺只是广州远郊的一个县,县改区也才是2000年时的事。

不过，番禺也是很值得骄傲的。国父孙中山先生身边有一得力干将，叫朱执信，就是番禺人。中华人民共和国成立之后，全国城市中以人命名的街道，除了中山先生之外就不多了，而朱执信，便是不多中的一个。广州不仅有执信路，还有执信中学，这是很罕见的。这也说明朱执信这个人不同凡响。

还有，岭南画派在国内美术界声名鹊起，也离不开番禺这个地方。

可能很多人没有想到，番禺还是广东音乐的起源之地。《步步高》《旱天雷》《雨打芭蕉》最早都是在番禺流传的。

如果说以上这些，还有待考证或商榷的话，著名人民音乐家冼星海，是从番禺走出来的，却是不能质疑的。或许，知道冼星海这个名字的不一定太多，但是不知道《黄河大合唱》的，恐怕不是太多。"风在吼，马在叫，黄河在咆哮……"

其实，更令现在番禺人骄傲的就是第16届亚洲运动会了。亚运会的主要场馆和亚运村，都在番禺。

番禺地处珠江出海口，河网密布，共有外江主干河涌19条，总长度约272公里；内河涌387条，总长度733公里。千百年来，这些大大小小的河涌，养育着番禺儿女。

市桥有条河，也叫涌，是市桥河。市桥河涌是19条河涌之一，而且是其中最大的一条。

过去，站在市桥河上，放眼番禺，河网密布，水光潋滟，稻谷飘香，好一派醉人的岭南水乡景色。可惜，这些年，厂矿企业多了，高楼大厦多了，灯红酒绿多了，水乡里的条条水涌，变成了臭水滚滚，连市桥河涌也不能幸免。

两岸，居民楼一片连一片，商店和工矿企业，一家挨着一家，人流如潮水般，摩肩接踵，一浪接着一浪，热闹非常。可是在污染严重的时候，这里却是一条条臭水渠，遇到旱天，人们不敢开窗。所以，当时的人们对番禺是又爱又恨。

广东省主要领导早就向外界承诺：到亚运会之前，天一定会更蓝、水一定会更清。虽然说，当时离亚运会还有一段时间，可是时间已经非常迫切了啊。

法国治理塞纳河，前后用了30多年的时间；英国人治理泰晤士河也是前后用了50年的时间；就连弹丸之地新加坡，10年清河，10年河清，也用了20年时间。而番禺要保证亚运会之前，治理好污染，谈何容易啊！

这对番禺上上下下领导干部，确实是个考验！特别是各级政府部门里的治水人，更是心急火燎，如坐针毡！

眼看着人与水的一场大战，在所难免了！

战旗猎猎！号角阵阵！

有人说，这场硬仗打下来，谁都得脱层皮，甚至要脱两层皮！不然，不算罢休。

四　治水先治人

打好治水第一仗

2008年1月15日，广州市水务局正式挂牌成立。

从这时起，广州最大规模的、以治污为主要内容的人民战争正式打响了。

581项工程涉及38座污水处理厂的建设、48座污水泵站和1094公里的污水网管的铺设以及14205人所使用的排污口的截流，其规模之大、任务之重、难度之高和时间之紧迫，前所未有。

"没有山一样的责任心，哪有铁一样的纪律性。"治水前线指挥部的同志们，向市领导和人民群众立下军令状。

大家分兵把守，终身负责。为了这个"终身负责"，他们个个把身家性命押了上去。

实际上，广州的治水，早已经开始。

1998年，《广州市污水治理和河涌综合整治方案》出台，珠江两岸展开了一场决战决胜的人民战争，气势恢宏，目标明确：全市10个行政区、2个县级市、13个治水责任主体协同作战。

广州城傍水而生，因水得利。历史上"治城先治水"早已成为维系这座城市的生存、发展和保持城市和谐的关键。

早在西汉时期，广州就有了水系枢纽工程，其用料的选择、线路的设计以及它的总体布局等各个方面，都近似现代水闸的雏形。到了宋代，演变汇集成"六脉渠"和"护城壕"两大系统，城内雨水、污水由街道小沟注入6条干渠，然后排出河涌，城外的则排出护城壕，再流入珠江。

广州治水，不仅引起了全国各省市的关注，也引起了世界的关注。2009年由来自192个国家和地区的29000多人参加的第五届世界水论坛大会，将"水治理奖"的第一名，授予了广州市。

这是在土耳其名城伊斯坦布尔举行的世界上规模最大也最具权威的水论坛大会。

为什么将第一名的荣誉授予广州？这是因为他们通过艰苦治水的努力，赢得了全世界的信任。

要治理珠江，人们一定先想到荔枝湾。

"一湾春水绿，两岸荔枝红。"

凭此，便可以想得到它当年的不同凡响。

说起来也有两千年了，南汉后主刘鋹在此建昌华苑，荔枝湾成为皇家御花园。后来不论到了哪个朝代，荔枝湾这一带都因自身灵秀而独特的风情，而成为商人和文人集聚游玩之地，名扬广州。至清末民初，它依然清流碧波，绿荷芳草，一派岭南水乡风情。花坊粥艇，络绎不绝，荡漾着繁华。

荔枝湾涌，曾经有过梦一样美丽的从前。那里绿叶拂水，红红的荔枝挂满枝头，清清的河水缓缓流过，岸上凉风习习，水面上舴艋舟穿梭往来，如过江之鲫，载着游人，载着欢歌笑语，远处传来广东音乐，醉人心魄，无疑是幅飘动的南国水乡画卷。

后来，也就是后来……

这一切已经不复存在，人们无可奈何，只好在整条涌上盖起了厚厚的水泥板，把污染与臭气全死死地压在下面。是的，污染与臭气暂时不见了，但往日的一切美好也随之销声匿迹……

随着城市的扩张，最早受到重创的荔枝湾涌，没有逃脱"灭顶"之灾。为了逃避污染，1994年，荔枝湾涌被厚厚的水泥板全程覆盖住了。盖住，或许当时是顺理成章的事，或许也是别无选择时的最佳选择。不久，又在上面盖起了商铺，其中就有著名的"西关古玩城"。

但是，荔湾区的发展战略是努力将文化资源的历史优势转变成为经济和社会发展的优势，以文化的方式发展经济，以经济成果传承文化。因此，他们要打造"五区一街"大型文化工程——荔枝湾风情休闲区、陈家祠岭南文化广场区、沙面欧陆风情休闲区、十三行商铺文化区、水秀花香生态文化区以及上下九商业步行街。

西关不能没有水，更何况那丰富的历史文化资源相当部分是依托荔枝湾涌而生的。如果一直把荔枝湾涌捂在黑暗中发黑发臭，无异于是一种羞辱。

荔枝湾，揭盖，势在必行！

2010年4月21日，荔枝湾实施封路，大型机械适时进入施工，人们见证了荔枝湾揭盖复涌的历史性时刻。之后，围堰、清淤、消毒防疫、截污等一并实施，齐头并进。堤岸景观绿化建设也相继展开。

荔枝湾揭盖复涌，第一期工程投资3.5亿元。

2010年10月17日，揭盖复涌工程撤去了施工围蔽。共复涌长度668米，揭盖6687平方米，堤岸建设1400多米，新种大树727棵，新增绿化面积1.7万平方米。

时任水务局局长张虎宣布："现在，荔枝湾开涌！"

河涌两岸，人潮澎湃，人头攒动。

荔枝湾复涌，花艇重现。当花艇次第穿拱而过龙津、德兴、大观、至善、永宁诸桥，桥拱如画，而岸上新修的青砖高檐岭南建筑，古树、老屋、骑楼商铺、名祠古塔一一呈现在眼前。当然，还有岭南水乡文化、海洋商贸文化、时尚休闲文化，像一条银线，把历史和现实串在了一起。文塔、仁威庙、小画舫斋、海山仙馆、梁家祠、木偶小剧场、西关大屋、何香凝艺术中心等，全重见天日，依次展现在了人们的面前。

荔枝湾复涌，还真实地带旺了市场，激活了经济，特别是旅游饮食。人们都知道"食在广州"，可谁知道，"味在西关"呢？什么省城濑粉、艇仔粥、及第粥、肠粉、糯米鸡、干蒸烧卖、虾饺、马蹄糕等数不胜数。真如人们说的,"岭南文化聚荔湾,西关风情最广州"!正是荔枝湾的复涌,复活了广州千百年的文化传统,给广州带来了新鲜的活力!

东濠涌,是贯穿广州老城区的一条非常重要的河涌,它的污染一直牵动着广州人的心。

核心老城区,"人脉、文脉、商脉、史脉、水脉、政脉"集聚,"绿色越秀、精品越秀、整洁越秀、生态越秀、人文越秀"的目标,必须落实在每一项具体工作上。对于东濠涌的治理,越秀区很是重视。为此,不惜重金打造,当然是希望这条特别的河,能焕发出与这些特质一致的气质。

东濠涌整治,总投资10.38亿元。河涌长1.89千米,平均每米就要花费50多万元。连分管治水的市政府领导,都感觉到这笔钱攥在手里,有些烫手,战战兢兢,不敢出手。后来向上级汇报,上级态度很明确:关键是看能不能把东濠涌治好,如果事情办好了,该花的钱,就要花,而且值得。

功夫不负苦心人。2010年,东濠涌似乎是蓦然间一个美丽转身成为"一条一流的生态河涌","一道贯穿广州老城区的亮丽风景线"。

本来这次河涌整治的一个基本目标是河里有水,水不黑不臭,只要利用原东堤泵站设备,自上而下,倒灌珠江水进河涌,每天轮换一次水,就可达到这个要求。但广州治水人,却提出了更高的标准。他们在珠江前航道江湾桥西侧建了补水泵站,沿东濠涌口到东风路的河底敷设管道,建日处理能力达10万吨的水质净化厂。从珠江抽取的潮水,经净化后,再从越秀桥处涌流涤灌,以每秒15立方米的流量,每天16小时补水,实现水的良性循环,用洁净的水洗涤东濠涌。或许，这就是他们说的"精品越秀"理念的自觉追求。这足可见治河者的匠心、苦心。

为治理出效果，他们一改传统的"三面光"模式，因地制宜，在河道稍宽处嵌叠山石，窄处采取生态砌块、格宾石笼、生态袋等形式种上水生植物。在短短的河道和最坚硬的堤上，经营出鲜绿的生态意味来。

"生态河涌"同时还体现在两岸的景观建设上。总计新建和改造了10座桥梁，安装栏杆2100米，铺设人行道5400米，道路铺装11000平方米，种植绿化76000平方米，还在糙米栏建了一个4道150米环形跑道及标准60米跑道的运动场。在不足2公里长的河上，有13座虹桥，桥畔花红柳绿，小桥流水的意境，跃然眼前。

沿水涌而下，一路有新近命名的鸣玉泉、珠帘瀑、毓秀园、天香圃、颐康园等园林景观，休闲广场以及取名为"望月亭"的凉亭、取名为"东濠驿"的单车驿站，可以说十步一景。在溢清苑往前，是木栈道，直通涌水，依偎半圆形的荷花池。

东濠涌沿线，还有东平大押、鲁迅故居等，展示了东濠涌曾经的历史文化辉煌。

一位一直战斗在东濠涌治理第一线的越秀区原副区长说："让一条濒危的河涌重获新生，让一条枯萎的河涌重获生机，让千万人民获得好环境的滋养，这是造福后代，花的钱，也值得！"

重获新生的石井河

如果说荔湾涌和东濠涌的成功治理,赢得了世界的关注,那么只有真正了解广州治水的人才知道,石井河由臭变清,才是广州治河人真正的骄傲!

他们为了石井河,付出了极大的努力,也尝到了人们难以想象的苦和累。

首先,他们投入的战场是河岸的整治与清淤。这两项工程的实施与管理,都由白云区水利建设管理中心承担。

余天翔,则是时任白云区水利建设管理中心主任。

石井河主河道全长19.44公里,56条支流成枝状分布,累计129公里,流域人口达80万人,主流道宽80米。这些都注定了石井河的治理不是靠锹镐箩筐等工具就能完成的。

白云区承担的治水项目,远不止一条河,一项目标!雨水分离、水浸街、农村污水处理工程等,合起来有100多项,参加的部门有水利、环保、城建、设计、监察和各镇各村,都是要具体抓落实的活。要全部做好,只能有一条,那就是"多动脑、多动腿、多动嘴"。治水的负责人夜以继日,马不停蹄,很快就跑遍了数十条河涌、4个镇39个村、59个农村污水治理工程现场。

要让石井河摆脱黑臭,关键环节首先是清淤。这项工作具体由白云区水利建设管理中心承担。

余天翔说:"石井河清淤,简直就像掏大粪,不仅臭而且还有毒,有工人不慎赤脚泡到了泥水中,过后就会红肿溃烂。"

他们本着"先支流,后干流,先上游后下游"的原则,分8个片区铺开。2009年12月,10艘250吨的大船、几十艘小船,雁阵般摆在石井河水面,大船上一把把巨型大铲伸向水底,掏出黑乎乎的淤泥,然后放在小船上。时值深冬,冷气刺骨。就这样,在寒风中他们连续在"公厕"内,泡了近3个月,整个石井河流域清淤85公里,共清出淤泥122万吨。

虽然这次清淤,深度平均近1米,但仅此还不能解决根本问题,必须让河"活"起来,才能使石井河获得新生。

因此,最大的亮点来了,那就是给它再挖出一个湖——白云湖,用湖冲洗石井河。

白云湖位于滘心支涌、环滘涌、海口涌和石井河交汇处,占地面积2.07平方千米,水面面积1.06平方千米。用泵站从珠江西航道取水,经4.7公里引水干渠输活水至白云湖,再经环闸灌入石井河。

2009年4月16日,白云湖开始向石井河补水。每天34万立方米清水奔涌直下。据补水记录:"16日,200米处,墨黑色。几乎不可见底。4月20日,8000米处,黄绿色。可见约28厘米。"仅仅5天,能见度就可达28厘米!

余天翔说,当时,他蹲在河边,看到一群只有火柴般大的鱼儿,顺着水流,潮涌而来,自己激动得大声叫了起来:"石井河有鱼了!石井河有鱼了！"

不一会儿，他看到一位治水的工人，拿着一个玻璃罐头瓶过来小心翼翼地装进两条小鱼，然后飞奔回宿舍去了，一路高喊："我可以养鱼了！我可以养鱼了！"

这次治理石井河，石井街农业综合服务中心的任务是征地。

白云区征地拆迁任务之重之大，前所未有。仅治污这个项目，龙归、竹料、石井、大坦沙、猎德五大污水处理系统，几乎半数拆迁都在白云区，征拆面积达27万平方米，借地长度194公里。而石井辖区，包括白云湖工程，征地总面积达26万平方米，管线借地188公里。用石井街农业综合服务中心负责人的话讲，这是自人民公社以来石井地区征借地最多的一次。但农业综合服务中心，只有24名员工，平均下来，每个人要负责征地10万平方千米。

负责人把手下分成8个小组，不分昼夜，每天进村入户，动员、摸查、测量、点清青苗、做方案、拟协议、送审核、分拨补偿款，一环扣一环，一个流程下来，就跑得两腿发软。

这些还都是小事，关键是如何迁得动。

"祖屋，谁能轻易舍得呢？"负责人说，"何况人都是趋利的。有人知道某块地要征拆了，一夜之间就插满了树苗，然后坐地要价。"按规定是青苗补偿每平方米约4.5元，树苗和成树按棵计算。"一听说要拆迁，有人连夜抢种树。"这是普遍现象。政府计划是300万元，可最终可能7000万元都不行，所以他们挨责骂是家常便饭。但为了把河水变清，什么样的责骂他们都忍了，坚持耐心地解释政策，最终妥善地解决了问题。

有人说，在农村当干部，最难是计划生育，而城市的领导说，拆迁比计划生育还难。治理河涌少不了会遇到拆迁这样难啃的骨头。当时白云区的一名副区长，为了让一个拆迁户签字，多次上门，户主仍然不为所动。最后，这位副区长无奈地哀求说："是不是我向你跪下你才答应签字啊？"说罢，双膝跪在了泥水中。

榜样的力量是无穷的。

副区长这一跪，让手下的治水人顿时丢下了所有的尊严和面子，也增添了他们战斗下去的勇气和力量。为了治水，为了身边河涌变成清泉，他们什么都不想，全豁出去了！

广州素有"岭南水乡"之称，水域面积占全市总面积的十分之一，河流河涌共计1368条，总长度5542.4公里，但是要彻底治理它的难度，比修万里长城还要大。想想看，长城是在塞外修筑，人烟稀少，不少地方还是不毛之地。而治理珠江，是在一个人口1000多万的城市里展开，光拆迁一项就足以把治水人难倒。

河涌两岸的有些房子，当年建的时候就是违章建筑，按政策是不予补偿的。可一听说要拆迁，户主躲起来了。还有的户主，听说要拆迁，连夜抢栽小树苗，多的栽了60多万棵，若补偿起来，成了天文数字了。

一位治水人看到这位户主偷偷种了许多树苗，等着要补偿，气不打一处来，说:"我年纪差不多到退休了，满打满算还有两年，也就船到码头车到站了。这个任务我没有办法完成，对不起组织信任，我干脆提前退算了。"当然，他说的是气话。后来，他并没有提前退休，而是继续做艰苦的说服工作，最后还被评上白云区拆迁工作的先进人物。

一位市中心区的区长、厅级干部，辖区内拆迁时遇到一个钉子户，谁去找他，都不理不睬。区长只好自己出马，连续三天登门三次，好话、政策全说尽了，户主就是不在协议上签字。区长实在没有办法了，叹了口气，摇了摇头，完全是低声下气的口气，说:"你是不是想我给你跪下，你才会把字签了？"

各区治水的难点与亮点

广州治水，列入综合整治的河涌是112条，每一个区都有自己的任务，当然也有各自的难点和亮点。

黄埔区

长洲一号涌，呈南北走向，贯穿整个长洲岛，南通珠江前航道，北连珠江后航道。举世闻名的黄埔军校就在长洲岛上。广州市政府早在1992年就专门设立了"长洲文化旅游风景区"。长洲一号涌的整治，定位很明确。因为一号涌周边都是果园，有杨桃、黄皮，还有一段长1公里的百年荔枝林。这些蜿蜒曲折的河涌形态、植被茂密的河岸、起伏多变的河床，有利于降低河水流速、削减河水破坏力。所以一开始他们就本着突出生态水利、景观水利的定位，保护河涌的原生态，保护和恢复生物多样性，提高水体的自净能力，将两岸百年荔枝树保护起来，避免伤其一条根一块皮。

施工之前，河涌管理所所长刘卫国明确告诉有关人员："这里不仅有黄埔军校，还有黄埔造船厂，也是当年中山先生和永丰舰躲避叛军陈炯明围困的地方，所以你们搞修复设计的时候，不将河涌走上3遍，就不要给我谈修复方案。"他具体指出，如庙头涌，凭借南海神庙和悠久历史，要突出海洋文化的开放气质；而南湾涌，拥有600年历史的古村落，数百年的古枫、古榕，明清时的民居、石板路、石板桥，还有古宗祠、古街巷、南湾会堂等历史遗迹，都要用心保护，做到既修复了河涌、造福现代人，又"修新如旧"，古朴、自然。

南岗河流经黄埔区东部。他们的治理，归纳为"加减乘除"。加，自我加压，主动增加任务；减，创建绿色通道，30天的限制时间改为10天；乘，高起点规划，高标准建设，实现"叠加"和"倍增"效应；除，制订"节点计划"，任务除以时间，具体到日。此外，他们还提出一个概念，叫"阳光治水"。

经过治理的南岗河，确实很"阳光"。沿岸边的小区绿化地，种植着各种植物，绿意盎然；而矮矮的滚水堰，不时地发出歌唱般的流水声。水岸联碧，波浪形的生态河岸自然得如同没有整治过一样。

在独立高中、香雪小学、少年宫等环拱的文教园区段，以滚水堰蓄水，依山构景，傍水造园；以人为本，文史作韵，将笔、墨、纸、砚文房四宝概念作主线，构筑山水、人文相融相亲的胜景。

河湾如湖，水满、水动、水清，傍以滨河两岸的绿道，缀以亲水回廊。在弥漫着青草气息的湖边，有中外著名科学家的雕像，让人流连忘返。

花都区

天马河，由大泾河与大布河汇合而成，集雨面积大，沿岸河堤单薄，河道弯曲，沙质土地，极易崩塌、滑坡。因此他们整治的第一考量，是防洪。每逢有暴雨预报，这一带村民通宵不敢入睡，备足沙包，严阵以待。

这次整治，他们修了16公里的高标准堤防。经过清理河障、清淤，理顺滩岸，达到了50年一遇的防洪标准。同时，这匹以前污染的"黑马"，要在我们手中，真正成为一匹奔驰的"飞马"。现在污截了，淤清了，天马河水景公园的构想主题，跃然眼前。

增城区

增城区地处广州东部，河流水系发达，河涌纵横，其中有条河叫二龙河。

其实二龙河的污染比起别的河要轻多了，因为高楼大厦还没有多少，人口密度也不算高。它的防污主要是把上游沿河建的一些禽畜养殖场还有几家小工厂给取缔就行了。另外就是完成沿线东境村、西境村、庙谭村等9个村庄的生活污水处理设施建设。根据增城区的发展战略，要把北部1000平方千米打造成南国乡村生态大公园，这就要严格保护生态环境和水资源，大力发展生态旅游和绿色经济。二龙河两岸，是增城著名的万亩迟菜心和万亩黑皮冬瓜生产基地。它的整治，除了提高农业灌溉功能外，主要是边坡修饰绿化、新建沿河休闲步道和自行车健身游绿道，嵌入"小楼人家"乡村观光旅游的开发格局，盘活村、林、田、水等绿色资源，推动生态产业化、产业生态化。2009年，"小楼人家"共接待游客31万人次。将水质达Ⅲ类水标准的二龙河列入市任务中治理，其意义在于"保护也是发展"理念的实践示范。而增城投资7.8亿元重金整治的"黑臭"河涌是水南涌。这是他们自己加上去的，不在市里112条治理河涌任务之中。至于50公里增江画廊绿道和湿地公园等也是他们自己加上去的担子，真可谓精神可嘉。

增城区治水，还有个很大的特点，那就是对区内水库的治理。

截至2020年底，增城区内共有4座中型水库、92座小型水库。这种情况在广州市绝无仅有。

在治水过程中，他们特别重视小型水库的安全管理，明确形成了"三级责任人"制度，确定了每座小型水库，巡查人员不少于3人，制定了巡查管护人员专业知识培训方案。同时，着手对所有小型水库逐一划界。

工作中，他们大胆实践，创新体制，创新思维，建立起小型水库"区管安全和技术＋镇街管防汛和维护＋村居管灌溉和巡查"的新型管理模式。

该管理模式由区行政主管部门负责大坝的安全运行，统筹水库各项技术落实落细；由镇、街落实属地责任，履行汛期防汛各项职责，确保防汛安全和坝容坝貌良好；由村一级负责农田灌溉日常需求，认真做好日常巡查水库的工作，确保农田灌溉用水和水库无违建、无垃圾、无填埋及无非法养殖。实现了由单一管理向多层级管理转变、粗放型管理向精细化管理转变、传统人工管理向智慧水库管理转变，开展创建全国小型水库管理体制改革样板县工作。

他们力求于2021年6月底前完成全部工作，努力争取在创建全国小型水库管理体制改革样板县中，取得好的成绩。由此，奋力把广州东部这片好山好水好地方——增城，经过自己的双手，变为"宜居宜业宜游宜养"的生态城区。

天河区

猎德涌在天河区。1996年到2003年广州市先后3次共出资百万元整治猎德涌，成效一般。直到2009年，他们加大力度，全面铺开"三涌补水"工程，即由市污水处理公司实施，天河区配合，在东濠涌建一级泵站，抽珠江水蓄长虹湖，以补灌猎德涌、沙河涌、车陂涌。十多年的摸索前行，"屡败屡战"，可以说是广州河涌治理历史的一个缩影。

车陂涌，是市里点名要治理的112条河涌中最长的一条，长达25.4公里。车陂涌全线截污，也是全线雨污分离的开始。车陂涌在天河区占了几个"最"：地位最显赫；最长；灌溉面积在区内最大；保护人口在区内最多；占用河道河岸建筑物最多。他们全部采用二级台阶堤岸，使河床开阔，岸线可亲。如"古祠留芳"、奥体立交、滨水运动中心、中山大道立体花园、岑村竹林水道,等等。一线碧水,十里绿风。

车陂涌的整治,从2004年开始启动,征地66万多平方米,借地5.2万平方米,拆迁房屋357栋,面积9万多平方米。迁移绿化苗木77万棵,迁改国防光缆93公里,迁移10万伏高压电塔两座、供电管线16公里,迁移自来水管、煤气管1.8公里。

实际上,车陂涌的治理并不一帆风顺,而是一个将"不可能"变为"可能"的典型例子。作为广州首批重点整治的35条黑臭河涌之一,2017年以前车陂涌水质常年处于劣Ⅴ类状态,重度黑臭情况极为普遍,周边居民不敢靠近。炽哥是土生土长的车陂村村民,在车陂涌里从小玩到大,对"扒龙舟"情有独钟。他说,当时的车陂涌黑臭得厉害,无处不漂浮油污,每次"扒龙舟"都好无奈,只好"顶硬上",在活动过后多洗几次澡,或者干脆一结束就理发。2017年治理行动开始时,车陂涌仍采用雨污合流制。当时污水管网平均覆盖长度低到每平方千米只有3公里,不仅污水收集能力严重不足,管网、沿线排水口也存在数不胜数的问题,污水处理厂已接近满负荷……当时住建部有关专家以及省、市相关部门在评估后均认为车陂涌不可能按期达到治理目标。为了朝着目标不断追赶,天河区按照源头减污、源头截污、源头雨污分流的思路,在车陂涌清理"散乱污"企业2348家,拆除涉水违法建设约20万平方米;全面开展"洗楼、洗管、洗井、洗河"行动,查清车陂涌28373栋楼宇雨污水走向并标清类型,排查出井内病害超过7200个,摸清管道功能缺陷和结构性隐患3600多处,整治了沿线598个问题排水口,清理水面垃圾2600多吨。

根据测算，车陂涌日均排污量18.3万吨（约9万吨排入河涌），其中城中村污水占44%、小区污水占29%、企事业单位污水占16%、商业经营污水占9%、工业污水占2%，分别对症下药。与此同时，建设了54公里主干管网、47.6公里支干管网，9个城中村敷设污水管网622公里，并每天引入山水4.6万吨，逐步恢复了车陂涌的生态基流。

番禺区

要治水了，我们也就又回到番禺了。

在治水大幕拉开之际，番禺区委、区政府、区人大决定，由水务部门牵头，环保、市政、基建、发改、财政、规划、国土等部门参与、研究出台了《番禺区河涌综合整治工作方案》。方案一出台，立即组织专家多次进行技术论证，多次邀请政协委员、人大代表提意见；广泛听取社会各界的声音，在电台、报纸和互联网上告知人们，提出对河涌综合治理有价值建议者给予重奖。方案初稿反复修改，九易其稿，最后以区人大常委会通过的法定文件的形式，正式出台了，并以此方案为背景，成立了"惠民一号办"，统一协调指挥、督导各职能部门和各镇街的治水工作。

番禺区的市桥河涌，是一条两端开口的感潮河。进，是沙湾水道；出，也是沙湾水道。广州市在任务书中下达的市桥整治长度为16.98公里，而实际整治长度是44.66公里。两端感潮，潮涨，垃圾、污秽从两端将涌向中段；潮平，脏物沉淀；潮退，却无力把污秽带走。经年累月，中段便淤积、黑臭。番禺区水务局经过科学论证，提出了整治方案：彻底地截污和清污后，改双流向为单流向，科学地调蓄水量、调控水流，退潮时把滞留的浊臭一起带走。但有人反对这个方案，认为这样会破坏水态平衡，加剧水浸街，引起水浸市桥。甚至有人说时任番禺区水务局局长潘志光：你逆潮流而动，会遗臭万年。当然也有支持他的，说干好了会流芳百世。潘志光没有考虑过自己将来是遗臭万年还是流芳百世，只是按照科学的观念，更广泛地征求群众和专家的意见，保证方案的科学性、可行性。

结果出来了。市桥河整治效果，经受住了实践检验。从沙湾水道经龙湾水闸和陇枕围引水进入市桥河的水量，最高分别达到每天667万立方米和534万立方米，河道水质明显得到改善。通过水闸群的联合调度，利用潮汐，增加市桥河蓄涌容800万立方米。2010年5月，几场暴雨，市桥河腾空涌容以待，有效地改善了内涝、水浸街问题。

番禺区河涌密布，内河涌合计387条，总长度733公里。治水任务书下达的治河涌指标43宗，其中市桥河水系20宗、亚运城板块11宗、广州南站周边6宗。经过他们的艰苦努力和科学治理，最终水质发生了根本性改变，全部达标。

消息传来，多少治水人，激动异常，相拥而泣！

他们为什么会流下眼泪？

他们想起了出征前的誓言：

"要么遗臭万年，要么流芳百世！"

"华山一条路，只准成功，不准失败！"

"我们没有后路，只有前方！"

他们为什么会流下眼泪?

他们想起了治水之前,这里每条河涌,是污水横流的臭水沟啊!不由得想起两年来的日日夜夜和风风雨雨。寒来暑往,他们干在工地,吃在工地,睡在工地,皮脱了一层又一层,嗓子天天着火,王老吉凉茶当作万灵的圣药。老婆生孩子、老娘病重,都顾不上回去看看;女朋友千里迢迢来了,没有时间去车站迎接。说来说去,他们心中只有两个字:治水!

潘志光,时任番禺区水务局局长、治水一线总指挥,武汉大学水利水电学院毕业,属虎。不论刮台风下大雨,准能在现场看到他的身影。由于长期战斗在一线,把身体折腾出了胃病,他每顿只能喝白粥。

有人对他说,你这只"虎",把身后一群羊都带成了虎。他说:"你抬举我了。不过,我们局这支队伍有50多位工程技术人员,大部分是武汉大学水利水电学院毕业,他们中年轻人多,有本科毕业,也有硕士、博士。初来时,说他们像羊也可以,但很快都变成虎了,个个不怕苦不怕累,虎虎有生气。治水治出了一支招之即来、来之能战、战之能胜的好队伍,我也就很满足了。"

时任番禺区水务局第一组组长文继,是个年轻人。有人问他,两年的治水有何感想,他只说了一个字:"忙。"女朋友来,想让他陪着出去一趟,他说:"我哪有那个时间?"最后只好找别人去陪了。有人说:"你这样不觉得苦吗?"他说:"苦是苦点,可苦中有乐呀。我们还年轻,睡一觉,第二天,力气就都回来了。"

吴淑林,时任水务局第二组组长,也是武汉大学毕业生。毕业后一来到工地就钻进去不出来了。为了估算投资方案，连续几天通宵达旦。后因工作太紧，他干脆搬到了工地上住。他说，他好喜欢这种工作状态。

高峰，时任水务局第三组组长，武汉大学水利水电学院博士生毕业。他说他喜欢这样的工作，把老婆都接过来了。他负责城区市桥线，责任重大，每晚都要与施工单位研究工程进度、解决疑难问题，特别是遇上排污口出了事，必须马上解决，连干整个通宵是经常的事。

严凯平，时任水务局第四组组长，他负责广州南站那一块。南站是广州的一张名片，交通枢纽。一次半夜两点，刚进家门，手机响了：南站有水情。他立即返回。他转身就走，连口水都没来得及喝，就出发了。他说："习惯了。我们有点像消防队员。也挺好的。"

陈礼恒，大个子，时任区防汛抢险专业队队长。他们队是专门啃硬骨头的，治水的百般武艺都得会，遇到险情，一干20多个小时是常事。"我现在不想别的，就想睡个好觉。"

时任区污水公司拆迁办副经理严建东说，拆迁工作是细活、磨嘴皮子的活，可工程紧不能停，心里火烧火燎，又不能急，还得给对方说好话。"经常得靠镇委和村委，他们配合了，我们的工作就好办了。对一个钉子户，我们要准备3套方案，目的就是不能让工人停工。"

市政府不惜代价，竭尽全力投入治水工程，义无反顾。目标就是：一、要把全市的污水全部接进污水处理厂；二、要把231条河涌的死水变成活水；三、要对河道与河岸，进行全面的生态修复。在工程启动之前，广州已经建立了由相关部门共同牵头的计划资金监管体系，以保证资金的合理使用、安全使用，打造阳光水务工程，共塑治水清风。

2008年到2010年，珠江广州段到处可见治水工地。两岸夜夜灯火通明，成了一眼望不到边的别样的珠江风景线。

被市领导赞为"虎将"的时任广州市水务局局长张虎，是广州治水一线最靠前的指挥员。他率领一群热血汉子，日夜和珠江一起奔跑，在绿树红花的土地上，考验着自己的意志，奉献青春和智慧，实现人生的价值，努力恢复广州水城的面貌。

张虎和水务局的同志们长期与污水打交道，对广州市的水情况了然于胸。他们提出的《广州市污水治理和河涌综合整治方案》，科学、合理、全面、可行。该方案以污水治理、河涌整治、调水补水、水浸街和水污分流几大工程为例，相辅相成，一环扣一环，互为补充，共成一体。

河涌里的水之所以发黑发臭，因为不断有污水注入，它已成了下水道。不先堵住排污口，治理河涌便无从谈起。被堵截下来的污水送到哪里去？现有的污水处理厂能力如何？河涌里剩下的淤泥，需要清理，怎么清，清到哪里去？最终怎么处理？市中心有231条河涌，工作量是很大的。另外，清理完河涌，还需要把干净的水源不断地补充进去，让河涌恢复生态平衡，重新"活"起来，用大河的水办小河里的事。

有人问：石井河在哪里？

有人回答：石井河在白云区。

又有人问：黑龙在哪里？

又有人回答：黑龙在环保人的心里。

五 一湾春水绿，两岸荔枝红

前面说过了，自2008年1月15日广州市水务局正式挂牌，广州市就吹响了治理珠江水的冲锋号角。

时间过去了一年又一年，治水干部换了一茬又一茬。可是，他们没有停下脚步，以只争朝夕的精神，撸起袖子，加油干。

经过两年的艰苦努力，2010年，珠江水发生了质的变化。

这一年有两件标志性的事件，足以看出那两年来的治水工作所取得的阶段性的成就。

第一，第16届亚洲运动会的成功举办，震惊了国人以及整个亚洲！广州市人民和亚洲各国都给予了高度的评价。也就是说，给足了广州和珠江面子，极大的面子！

第二件事，省、市领导参与横渡珠江活动，这是对这些年治理珠江成果的肯定和检验。当然，也可以说这是省、市领导和广大参加横渡珠江的人们给了珠江和治理珠江的人们一个极大的面子！

是的,这些是"面子",那么,什么才是"里子"呢?

同时称,"十三五"以来,广州市坚持把水环境治理作为重要政治任务和重大民生工程,持续推进黑臭水体治理、污水厂建设、碧道建设、合流渠箱改造、排水单元达标、珠江堤防改造、海绵城市建设等工作,实现了城市水生态功能的系统性修复。

2021年1月1日,水利部《中国水利报》元旦特刊透露,广州147条黑臭水体全部消除黑臭!

目前,广州全市147条黑臭水体全部消除黑臭,13个国考、省考断面水质全面达标。广州市顺利通过省住建厅、生态环境厅联合开展的黑臭水体治理专项排查,建成区黑臭水体消除比例达到100%。

根据2020年11月底发布的广州市第9号总河长令,全市要在2023年底前完成全市443条合流渠箱雨污分流改造工作。按照"污水入厂、清水入河"的理念,广州持续深入打好打赢水污染防治攻坚战,全力实现"清水绿岸、鱼翔浅底、水草丰美、白鹭成群"的美好图景。

截至2021年8月31日,全市已完成达标认定排水单元面积为569平方千米,达标面积占全市总排水单元面积的75.18%。

广州市还入选了2020年度第十批国家节水型城市名单。

这或许,就是"里子"。

白云新碧

"广东治水看广州,广州治水看白云。"

这是句十多年前的老话了,也说明白云区一直是广州水污染治理重点户。白云区,水系发达,无数河涌交织成网,流溪河自北向南经白云流入珠江,犹如城市的血管,滋养了一代又一代白云人。但随着经济的腾飞,城市生态压力逐渐增加,一系列城市"血管病"逐渐显现。多年来,白云区辖内多条河涌污染严重,不仅河水变黑,而且时常散发难闻的气味,让住在附近的居民苦不堪言。

为改善水环境,白云区克难攻坚,着力解决区内的水污染防治之难题。"十三五"期间,白云区拿出敢想敢干、真抓实干的劲头,在河湖治理工作上探索出一套具有借鉴推广意义的有益经验,逐步形成了河、湖治理的"白云模式",河、湖面貌焕然一新。

如今,白云大大小小的河涌,已重新焕发生机,告别了臭气熏天的"墨水河""筷子河",水清岸绿的碧道,成了白云人休闲时散步的好去处。

白云区内,河涌数量众多、类型各异,既有发源于山地溪流的山区型河流,也有珠江三角洲典型的感潮型河流。

十余年前,白云区的大小河涌水质堪忧,因此,成为广州市河湖治理问题最多、治理难度最大的地区之一。其中以石井河最为典型。有媒体走访后描述石井河水"黑得像墨水,近乎凝固状"。当时,沿线企业偷排现象严重,周边居民直接把生活污水排到河涌,甚至直接扔垃圾进河。

其他河涌情况也大同小异。在萧岗村附近，宽约5米的新市涌河面黑水横流，并伴有阵阵恶臭，水中还夹杂着不少酒瓶、塑料袋等生活垃圾，所以被称为"筷子河"。

"十三五"期间，白云区从上到下，痛下决心，将"广州治水看白云"的压力转换为动力，以高度的政治责任感严格落实各项工作部署要求，把任务当作使命，迎难而上，轰轰烈烈地开展了一次力度空前的自身革命，在河湖治理工作中树立新的标杆，成为广州市实现水环境治理目标的关键。

2016年5月，白云区先行一步，推行河长制。

2017年，全国全面推行河长制，白云区主要领导高位推动，在推进河长湖长履职上下足功夫。先后发布12道总河长令，出台15项河长制工作制度、180余项各类治水专项方案，建立健全五大机制，拧紧责任链条上的每一颗螺钉。

白云区总河长由区委书记担任，副总河长由区长担任。在原三级河长基础上，向上延伸，创新设置五大流域区级河长，由区委常委担任；向下延伸，设置3149名网格员（长），发挥一线"岗哨"作用，形成了总河长—流域河长—区级河长—镇街级河长—村居级河长—网格长（网格员）的多级治水体系。细化河长职责，推动水环境治理重点工作落地见效。之后3年间，白云区共对188名治水不力的各级河长、工作人员进行了问责。

在强有力的机制推动下，河长、湖长动起来了。

首先要做的就是"清四乱"，把污染源清理掉，让污水不再直排河涌中。白云区"清四乱"工作，存在拆除任务重、涉及利益主体多、历史成因复杂等问题,整治难度极大,但"硬骨头"最终被一个个啃下。

河长们逐渐提高了政治站位,主动作为,从"要我管"到"我要管",向"要管好"转变。他们身上,既有仰望星空的敬畏感、舍我其谁的责任感,也有不负重托的使命感。

总河长、副总河长以及各镇、街的河长、副河长,周末必须保证一人在岗。他们以身作则,在每个周末都实施不提前通知的飞行检查,目的就是掌握工作的真实情况和问题,并对重点难点工作进行实地检查调研,现场解决问题。

治污,宜疏不宜堵。近年来,白云区持续推进基础设施建设,全覆盖实施截污纳管,支持各大净水厂建设,把工业、生活污水收集起来,处理好,再流入河中,形成了严格管理的各个环节。

为提升污水处理能力,白云区全力支持各大净水厂项目建设。

全区在现有石井污水处理厂、石井净水厂、竹料污水处理厂、龙归污水处理厂、京溪污水处理厂5座污水处理厂的基础上,加大投入,加快实施江高净水厂、健康城净水厂新建及石井净水厂、龙归污水处理厂扩建工程。

有了这些城市"净水器",流入河涌的水便不再发黑发臭。

2019—2020年,全市在原有的基础上,新(扩)建污水处理厂19座。其中就有石井净水厂二期。

石井净水厂位于白云区张村涌以南、石井河以东。仅从外观看,这里似乎和净水厂并无关联,更像是一座街头花园。半月形的小道在厂区里蜿蜒而过,一池碧波不时被悠悠游过的野鸭们搅动起水花。花岸区、野鸭岛、休憩亭共同构成了石井净水厂的宜人环境。如果说地上是这座水厂的景观区，脚下则是整个水厂的功能区。

石井净水厂规划用地面积为15.37万平方米，是目前广州占地面积最大的地下污水处理厂。在这个钢铁筑成的地下工厂，分布着污水处理的工艺流程区，几十个功能各异的设备间、处理构筑物，以组团化、集成化、模块化的方式有机组合，共分为预处理区、生化区、泥区等六大模块。作为一座全地埋式层叠布局的地下净水厂，石井净水厂比同类工艺、同等规模的地面污水处理厂节约用地30%。

为了满足全市河涌污水的处理需求，广州市自2018年以来，已经新建和扩建了8座污水处理厂，分布在广州的东南西北。这8座污水处理厂全部采用地埋式建设，不仅节约占地面积，还能美化周边环境，因此，污水处理厂也改名为"净水厂"。石井净水厂就是其中一座。其二期扩建工程于2020年3月份试运行处理污水。

现在，石井净水厂地下5米深处是污水处理池，地上7000平方米水清草绿的是湿地湖。该净水厂运行部部长黄浩锐介绍，目前石井净水厂的日均污水处理能力可达30万吨，而且跟周边两座水厂建立了联动调配机制，可以应对暴雨期间污水量激增导致的水体返污现象。

厂领导介绍说："整个收水的范围是45万平方千米。因为我们跟周边3个净水厂还可以实现相互的调配，比如说大坦沙水厂满负荷了，通过泵站可以调配水来我们这边处理，还可以防治暴雨期间管网的溢流。"

黑臭河涌如今清澈见底，净水厂变身绿地景观。

本轮广州新建的污水处理厂中，包括不少全地埋式污水厂，打破了人们对污水处理厂的传统印象。鸟语花香、景色宜人的厂区，将污水处理设施由"邻避"变"邻利"。

石井净水厂是目前广州占地面积最大的全地埋式污水处理厂，厂区地面看不到传统污水厂那样巨大的污水处理池，看不到黑水，也闻不到任何异味。

2020年以来，广州中心城区石井净水厂二期、龙归污水处理厂三期、健康城净水厂等8座新建扩建污水处理厂陆续投产，它们集绿色水务设施的"高品质"和城市精品的"高颜值"于一身，有一张共同的绿色名片——地埋式生态化净水厂。建设地埋式生态化净水厂，是广州剿灭黑臭水体末端的补短板工程，也是新型生态基础设施建设的绿色工程、民生工程、精品工程，为广州这座水域面积占比超10%的千年水城注入了绿色发展新活力。

多管齐下，白云区水环境治理成效不断提升，水质提升促进了生态的修复，石井河多处发现白鹭栖息落户，重现"漠漠水田飞白鹭"的景象。区内39条黑臭河涌已基本消除黑臭，其中棠景沙涌的治理措施和成效得到了生态环境部领导的充分肯定。

不久前，在一次观看"醉美流溪河——寻找最美河湖"摄影比赛作品展时，我发现一幅作品：只见傍晚时分，有100多只白鹭，盘旋在流溪河下游的江心洲上。

陪同的蔡先生介绍说："家里的老一辈说几十年前看到过，现在居然能再次看到，特别惊喜。"蔡先生对此处白鹭成群结伴栖息的胜景，十分感叹，"2019年就陆续看到少量白鹭飞过来了，2020年以来越来越多，成片成片的。"

眼前的江心洲草木丰茂，水质优良。谁能想到，仅在几年前，流溪河下游水质还是劣Ⅴ类，鱼虾基本绝迹。如今，流溪河水质连跳两级，由劣Ⅴ类跃升为Ⅳ类水，两岸绿树成荫，河里碧波荡漾、鱼虾成群，如此方能引来候鸟觅食、栖息。

白鹭栖息的江心洲位于石门街辖内。石门街河长办负责人洪延生介绍，近年来，该街大力拆除涉水违建，清除"散乱污"场所，遏制工业企业往河涌乱排污，并开展排水单元达标工程，使企业污水全部纳管。同时，配合白云区水务局开展城中村雨污分流，确保农村生活污水纳管流进净水厂，不再直排到河涌中。

湖水映衬着蓝天，美人蕉随风摇曳，小鸟在枝头啁啾，隐藏在花草树丛间的小道蜿蜒曲折，简洁明快的低层建筑散发出时代的气息。

当你置身于这样的园林景致中，会不会想到地下其实是一座工厂呢？

有人深有感触地说："没想到广州的'地下世界'里，有飞驰的地铁，还有纳污吐新的污水处理厂！"

也有人说："去净水厂考察后，真的被石井净水厂、龙归净水厂惊艳到了。污水处理的工业设施构建在地下，地面是生态景观，再生水循环利用，资源集约做得很好，环境一流！"

由此，广州不仅补足了短板，而且其地埋式污水处理产能，全国第一。

通过净水工程的建设和污水处理厂的扩建，广州污水处理能力已超过全市日均自来水供应量。

广州市水生态建设中心领导介绍，再向上追溯，因雨污分流问题导致污水处理效率低下的问题依然存在。为彻底实现雨污分流，从源头治污，截至2020年，白云全区4批145个城中村建设了截污纳管工程。近年来，市、区财政累计投入243亿元污水管网建设资金，不断补齐污水收集、转输、处理设施短板。目前，全区累计建成污水管网1万公里，平均每平方千米有污水管网超20公里，是2016年的近10倍。污水收集起来后，及时处理的能力必须跟上。

走在白云区的大小河涌边，"墨水河"成了过去式，水清岸绿已是白云治水的新名片。

如今，在沙坑涌大源支流段，河涌沿岸慢行道、居民休闲文化广场组成的5公里碧道已成为群众最喜爱的休闲场所。

沙坑涌恢复清澈水质后，白云区在沙坑涌大源支流段，试点建设碧道，打造出了一套集河道防洪、群众休闲娱乐、人文熏陶渲染为一体的亲水平台体系。

到2020年底，全区各类碧道慢行系统累计建成170多公里。水清岸绿、鱼翔浅底的碧道画卷，已悄然形成。在展示生态文明建设成果和城市风貌的同时，为群众提供了健身、休闲、观光、亲水的场所。

天河、从化治污成果初显

还有一条河涌,实现了华丽变身,它就是曾经为广州黑臭河涌之一,后被生态环境部列入首批"黑臭水体整治光荣榜"的车陂涌。

如今,我们在车陂涌看到,水质清澈见底,两旁长满花草。可是,在2020年之前,还完全不是这样的。

车陂涌自北向南,流经9个街道、9个城中村,有支涌和暗渠23条,主涌长18.6公里,支涌长48公里,流域面积80平方千米,常住人口60多万,是广州市列入国家监管平台的147条黑臭水体之一。

为提高治水措施的针对性,水务部门将车陂涌流域按分水岭划分为58个排水分区,按用地情况划分为872个排水单元。

水务部门介绍,车陂涌的治理有四招。一是加强厂网建设,业已完成了一期31.5公里、二期22.5公里主干管网建设;支涌完成了47.6公里支管网建设。完成了流域内9个城中村截污纳管,敷设污水管网622公里,安装立管987公里。大观净水厂于2020年6月底投产,增加污水处理能力达到每天20万吨。二是深入源头治理,开展"四洗"行动,清理"散乱污"企业2348家,拆除涉水违法建设338宗,面积20余万平方米。三是全面推行河长制,推进社会共治,营造全民治水氛围。建立市级河长1名、区级河长9名、街道河长9名、村(居)级河长38名,并设立民间河长23名、成立车陂涌"巡河护涌"志愿服务队15支、车陂涌志愿者426人。四是高标准规划建设车陂涌碧道,拟由南向北分别打造水乡文化、健康休闲、野趣科普、学院绿道等四大特色段的生态滨水公园，其中车陂涌南段3公里水乡文化段已基本建成。

一个普通的冬日，车陂涌两岸的杜鹃花开正红，自然生长的茂盛绿植从岸边一直延伸向水中央，让广州的冬天依旧生机盎然。不做表面功夫，以"绣花"功夫从源头治污，通过建设47.6公里支管网，车陂涌上游6条支涌实现了清污分流。同时，大观净水厂的"上线"，使污水处理能力增加到每天20万吨。以水为轴，车陂涌拟由南向北打造水乡文化、健康休闲、野趣科普、学院绿道四大特色段生态滨水公园，真正让治水成果为全民共享。车陂涌的治理是广州黑臭水体治理的缩影。

"如果我告诉你，这里就是曾经黑如墨汁、恶臭熏天的车陂涌，你可能会不相信。但从2019年夏天开始，有人发现有几只白鹭筑巢，一起在水上戏耍，不知你信不信？"天河区河长办一位工作人员说，"反正一开始我没相信，但我听到这个消息时特别开心，跟我们水务局的领导、同事们一样，是那种发自内心的惊喜和感动。"

市民王志荣，是车陂涌治水故事的见证者。他家住车陂涌广氮段附近，平日里喜欢沿着涌边散步。早在2019年9月，他偶然发现车陂涌西边坑入口有白鹭。通过一段时间的观察，他在2020年6月惊奇地发现白鹭的数量变多了，竟然有8只！于是当场拿出手机，记录下好似"一行白鹭上青天"的画面。王志荣说，那时他兴奋了好几天。

"污水入厂，清水入河。"新（扩）建污水处理厂，发挥了极大的作用。如今，永安桥上来往的行人越发多了。从前，人们总是匆匆经过这里仿佛避之不及；如今，走上桥的人常常不自觉地驻足拍照，记录下眼前"小河流水"的美景。

一汪清水映民心，更印证着水务人不变的初心。

"珠江烟波接海长，春潮微带落霞光。"

2019年10月，广州市印发《广州市小流域综合治理实施方案》（2018—2021年）。方案提出，到2021年底，全市32个小流域的防御洪涝能力，整体得到提升。镇（街）人口密集区防洪标准，达到10~20年一遇；村庄人口集中区防洪标准，达到5~10年一遇。到2020年底，纳入该方案的70宗水利工程中有42宗已完工、18宗完成开工、10宗前期工作正在抓紧推进中。

其中，从化区鸭洞河，利用生态设计小镇建设契机，率先建立起"政府投入+企业养护+村民参与"的三方共治模式。通过产业带动、以河养河，永久性地解决了乡村河道管护问题，逐步形成了一条基于产业发展的生态、生产、生活融合的可持续治水之道。

从化区的鸭洞河，已累计实施河道清淤疏浚6.51万立方米，岸线复绿面积4.9万平方米，规划建设21.2公里自然生态堤岸，惠及岸域群众1.05万人。

从"水安全"到"水幸福"，2020年，广州市全市共整治水库80宗，加固堤防9宗、水闸31宗、泵站14宗，整治河道127.98公里。通过实施水库达标加固、堤防（岸）加固、河道"三清一护"、水利水闸及泵站建设等，进一步补齐防洪排涝短板。其中，在增城区高埔河的"三清一护"工程任务中，对3648米河道进行清淤，共抛石护岸1195米，疏深了河道过洪断面，增大河道过洪能力，降低洪水水面线，保护了沿岸群众生命财产安全。

在从化区朝盖水（盖洞水段）治理工程中，扩大了行洪断面，提高了河道整体过流能力，提高了河道两岸的防洪抗冲能力，对7650米河道两岸进行石笼护岸。

在小楼镇邓山河的治理工作中，共对3389米河道进行整治，结合两岸道路打通交通堵点，沿河建设慢行道，提高了区域防洪减灾能力。这一项项举措改善了河流水生态环境，提升了人民群众安全感、获得感、幸福感。

从化区农村水系综合整治初见成效。从化区龙潭河团星村段治理工程，依托艾米稻香小镇，通过护岸整治、碧道建设，成为新鲜出炉的网红打卡点。作为广州市农村水系整治工作的一个缩影，连通农村水系综合整治试点项目，是水利部、财政部确定的首批试点项目之一，实施期为2020—2021年。

项目启动以来，从化区坚持以河流水系为脉络，以特色小镇为节点，集中连片规划建设，水域岸线并治，着力打造具有从化特色的、可复制推广的综合治水示范样板。项目实施完成后，预计惠及21.5万人，防洪受益面积524平方千米，改善灌溉面积达157平方千米。目前28宗项目中，已有2宗完工、16宗完成开工、10宗正在加紧推进前期工作中，如期完成了年度目标任务，初步构建了碧水清流的安澜水系、宜居宜游的生态廊道。

守好广州"后花园"，以工匠精神推动从化区水环境持续性好转，为水环境治理实现"长治久清"打下坚实的基础。打造"水清岸绿"的美好水环境，这是广大人民群众殷切的期许，也是从化区以及每位水务工作者的责任和承诺。

全区治水人将围绕区委全会提出的"全面巩固绿色本底，全力打造美丽湾区新样板"目标，进一步完善河长制各项工作机制，推进河、湖治理体系和治理能力现代化，推动全区河、湖长制工作"十四五"再上新水平，奋力争当粤港澳大湾区绿色发展排头兵！

黄埔、海珠、番禺治水也兴水

黄埔区的情况，又有所不同。辖内原珠江堤防建于20世纪五六十年代，后经历过多次整治、升级。但经摸排发现，黄埔区珠江及东江沿岸堤防堤顶高程大多位于2～3米，均低于黄埔区外江堤200年一遇设计洪水标准要求。为了满足防洪要求、保障沿岸居民和企业的正常生活生产，沿岸堤防、水闸亟须加高加固。

其主要整治方案可归纳为4种：新建挡水栏杆；加高加固防浪墙；拆除现状栏杆和人行道，抬高人行道，建挡水栏杆，修复堤坡，用抛石、干砌石固脚；针对滩地，须新建堤防。

为协调解决问题、完善手续，技术部门的同志们，深夜仍工作在明亮的办公室，夜以继日。他们常挂在嘴边的话是，"保质量、保安全"。正是这种责任心与使命感，驱动着所有治水人不断前进，为珠江沿岸构筑起一道坚固的壁垒。

黄埔区的珠江堤防（含水闸）加高加固工程，顺利通过验收，质量评定合格率为100%，是广州市珠江沿线堤防工程首个通过验收的单元工程。

如今行走在黄埔区珠江沿岸，常能看见新建的防浪墙、挡水栏杆，附近的居民说这是他们坚实的保护屏障。以往汛期时总会担心漫堤等问题，会影响正常生活，如今在堤坝达标整治工程开始后，老百姓放心了，治水人也安心了。沿线绿化带的设置，让居住环境也有所改善。走在江边，四周尽是水清、地绿、花红。

截至2020年12月31日，海珠区共有1093个排水单元完成达标验收，总面积合计34.44平方千米，超额完成广州市下达的任务。但海珠区雨污分流率低，要在2020年底前完成达标排水单元比例达到60%的目标，任务十分艰巨。

为确保完成任务，海珠区于2019年底率先印发了海珠区总河长令第2号、海珠区排水单元达标攻坚实施方案，系统谋划全区排水单元达标创建工作。

他们将继续按照"源头减污、源头截污、源头雨污分流"思路推动排水单元达标建设工作，结合合流渠箱清污分流工作，推动截污闸开闸行动，打好打赢海珠区碧水攻坚战。至2020年底，海珠区超额完成2020年度排水单元达标建设年度任务。

2019年12月25日上午，海珠区召开排水单元达标攻坚暨56条暗涌暗渠清污分流工程集中开工动员大会，市水务局、市水投集团、海珠区政府主要领导以及市相关部门领导，区相关职能部门、18条街道主要负责同志参加了会议。海珠区排水单元达标攻坚工作正式拉开了序幕。

面对排水单元创建这样一个新事物，海珠区河长办加强技术指导，强化沟通交流，2020年共组织5次培训会议、12次交流座谈会议，并在工作中不断吸取经验，优化排水单元达标创建流程；组织设计单位协助各街道对海珠区排水单元进行摸查和细化，绘制排水单元划分平面图，为排水单元达标建设提供技术支持。形成区河长办带头，各街道一起推动的工作氛围，整个排水单元达标创建过程中，各方形成合力，共同推进排水单元的创建工作。在海珠区达标创建工作中，海珠区抓住重点，首先推动区内重点机关单位、重点高校、重点区域的排水单元达标工作。海珠区政府大院单元、中山大学单元、琶洲会展单元及东塱断面的排水单元都陆续完成雨污分流整改，认定验收。这些重点排水单元的达标挂牌，起到了良好的示范带动作用，各机关事业单位，琶洲核心区、东朗断面等重点片区随即掀起排水单元达标创建高潮。

海珠区排水单元总面积50.97平方千米，海珠区水务局负责实施的水务工程项目，排水单元改造面积合计约25.4平方千米，约占总面积的49.8%。为保障排水单元项目的建设实效，海珠区水务局在推进排水单元项目达标建设的过程中，结合了工程范围内73条合流渠箱清污分流工作，提前部署了海珠区63个截污闸开闸计划。

截污闸的开闸，意味着原本进入暗渠的污水被有效截流，渠箱恢复了排放雨水的功能，标志着渠箱流域的排水系统从雨污合流到雨污分流的蜕变，检验着排水单元达标建设的成效。以北降涌截污闸为例，该截污闸于2020年7月1日开闸，北降涌流域迎来了"闸常开、水常清、岸常绿"的新貌。

2020年底，广州市第9号总河长令发布，提出2023年底前完成全市443条合流渠箱雨污分流改造工作，成为广州下一阶段深入打赢水污染防治攻坚战的重点任务。

这一点北降涌已经做到了。

北降涌位于海珠区南石头街道，全长1513米，上游为暗渠，起于翠城花园，长约443米，明涌段起于庄头公园，长约1070米，最终排入珠江后航道。近年来北降涌通过生态治理技术手段已初步实现不黑不臭，但流域内现状排水系统尚不完善，北降涌上游段渠箱充当合流渠箱使用。晴天，截污闸关闭，污水被截流至工业大道中的污水管；但在雨季，配合排涝需求，截污闸开启，暗渠内的污染沉积物和污水会随着开闸排入北降涌，严重影响北降涌和珠江后航道东塱断面的水质，这也就是市民口中的"晴天金沙江，雨天黑龙江"。为解决北降涌流域雨天涌水黑臭、城市积水隐患等"陈年旧账"，海珠区水务局从源头上推进清污分流工作，其中整改暗渠排口26处、明涌排口8处，截至2020年底，共新建管网33983米，其中雨水管16123.3米、污水管13330米、立管4530米，实现雨污各行其道，实现"源头减污、源头截污、源头雨污分流"。历经335个日夜的攻坚克难，通过工程建设，每天有效截流0.337万吨污水进入明涌、暗渠，恢复北降涌暗渠排雨水功能，并解决了流域内南边社区、基建新村、庄头社区等历史水浸点，流域内部分排水单元已实现雨污分流，雨水污水各行其道，污水处理系统"提质增效"，雨季溢流污染得到有效削减，北降涌水质显著提升，实现了由不黑不臭到Ⅴ类水的转变。现在的北降涌水闸常年开启，从中流出的是汩汩清水，北降涌真正实现了"闸常开、水常清、岸常绿"的目标。

一位扎根河涌治理一线多年的基层河长感慨："看着河涌一天天变清，跟看到自家孩子考到好成绩一样欣慰，讲起来真是一把幸福泪加上一把辛酸泪，有种终于熬出头的感觉。"

海珠国家湿地公园被称为"广州的肾"。这个"南肾"，与"北肺"白云山一起构成广州主城区的两大生态屏障，成为城市生态中至关重要的"功能器官"。

海珠湿地公园水体，为人工开挖，水源补给为附近河涌水，水质较差；整体水体浑浊，透明度低，水面有浮游藻类，水体发绿、存在异味，呈现富营养化状态。为了让水体恢复健康，海珠区采用食藻虫引导水生态系统，构建技术打造的草型清水态湖泊，形成以"底质—水—微生物—浮游生物—沉水植物—底栖生物—大型水生动物—浮叶植物"为基本模型的完整水生态链条。

现在的湖中已是各种植物芬芳盛放，鱼虾贝螺集群。湖底铺种有沉水植物苦草，湖中种植有全年开花、花色鲜艳的再力花和美人蕉，以及有水质净化作用的30余种水生植物。湖两侧更是设有双向亲水栈道，可以近距离欣赏湖中植物和自然景观。

2016年5月，广州市下达全市152条黑臭水体治理任务，其中番禺区黑臭水体有50条。2018年7月，番禺区39条黑臭水体被纳入住建部监管平台，要求2018年底前实现"初见成效"目标，2020年底前实现"长治久清"目标。现在这一目标已经实现。

番禺区治水，不是"头痛医头，脚痛医脚"，而是从"环境换取增长"转变到"环境优化增长"，真正走出了一条"绿水青山就是金山银山"的发展新路子。

番禺区4年多艰苦治水，成绩斐然：50条黑臭河涌全部消除黑臭，大龙涌口、莲花山和敦头基等3个国考断面水质均达到Ⅲ类水质以上，高于国考标准一个水质类别，换来了禺山大地河湖的崭新面貌。

番禺区委、区政府将"深化水环境治理"纳入区十件民生实事，全面落实河、湖长制，50条黑臭河涌区级河长全部由区委、区政府领导班子成员担任。

番禺区河长办发布6道区总河长令，出台15项治水工作制度。全面推行河长制以来，全区399名河、湖长，累计巡河134288次，发现问题19818个，整改问题19635个，整改率99.6%。同时，聘请了519名民间河长参与治水，构建起"河长领治、上下同治、部门联治、水陆共治"的治水新格局。在治水思路上，以河、湖长制为抓手，以网格化和排水单元"两套网格"划分作战单元，全面推进"洗楼、洗井、洗管、洗河"四洗工作，坚持"控（源）、截（污）、清（淤）、调（水）、管（理）"五字方针，实施"六清"（清理非法排污口、清理水面漂浮物、清理底泥污染物、清理河湖障碍物、清理涉河违法建设、清理两岸违规堆放物）专项行动。

四年的时间里，他们对辖区220条河涌及其支涌流域范围，开展"洗楼"26.3万栋、"洗管"713.92公里、"洗井"67413个、"洗河"643次，清理河道垃圾5.6万吨，完成清理整治"散乱污"场所25720家，完成市总河长8号令下达的2249宗、61.9万平方米涉水违建整治清拆任务；改造完成排水单元1400个，完成改造面积73.72平方千米，总完成率65%，超额完成了市总河长令4号60%的年度任务目标；新（扩）建污水处理厂8座，新增城镇污水处理能力每天34.5万吨，全区污水处理能力合计达到每天119.51万吨。

在机制创新上，进一步完善水务、生态环境、住建、城管等部门协同联动机制，并实行区水务集团作为业主负责设计、监理和质量把关，镇、街作为代业主负责组织实施的新模式推进治水工作。在资金保障上，采取由区水务集团牵头，实行"社会资本参与+政府补贴"模式，保证了治水资金及时到位。

在督办落实上，采取市河长办督导组督办、区河长办协同督办、群众实时督办、挂图作战督办、巡查河涌现场督办的全方位、全时段督办模式，确保黑臭水体治理高效推进。

全区50条黑臭河涌已全面消黑除臭，过去的黑臭河涌变成如今的花香河道，一幅幅生态美景变成了活生生的现实，番禺治水人啃下了一块块"硬骨头"，用自己的辛勤汗水重塑着番禺岭南水乡的良好生态，切实增进了民生福祉。

告别"黑臭"后，他们并没有停下脚步，立即着手对丹山河河道两岸功能及环境进行了提升。整治前的丹山河，因黑臭严重被市民称为"臭水河"，成为番禺区治理难度最大、问题最多的黑臭河涌。为此，番禺区决定对丹山河实行双区级河长制，区级河长由区委书记及一名区委常委担任，定期召开丹山河联席会议督导治理工作。

治理丹山河的一个关键在于截污。丹山河黑臭水体治理工程，主要对丹山河流域范围内新增或漏接的排污口进行完善，对沿线部分截污管高于合流管的管道进行整改，并沿西涌、捷进西路—西环路和禺山大道—平康路三条路线，铺设10.119公里污水管道，将区域内污水收集后，输送至前锋净水厂进行处理，实现晴天无污水排入丹山河及黄编涌，使河涌水质得到改善。

如今的丹山河，碧波荡漾，两岸景色如画，成为附近居民休闲好去处。

番禺区小谷围街道领导在谈到合益围涌整治时表示，整治成果远不止"可以赏水"。"整治工作围绕排水单元达标工作进行，大学校园内不少雨污管道的混接现象，被施工人员发现纠正，减少了流入河涌的污水。"

2019年9月26日，广州大学城共建共治共享工作领导小组第一次会议召开，确定由市河长办牵头，成立大学城高校排水单元达标创建专项小组，番禺区政府、市水投集团会同10所高校的管理部门共同推进10所高校排水单元达标建设。创建专项小组开展广州大学城10所高校排水管网检测摸查，全面踏勘各高校排水设施现场，不断优化整改工程方案，将高校有限的整改资金花到最需要的地方。依照应急程序实施高校排水设施整改工程。累计完成雨水污水错接混接点改造842处、雨水管污水管3、4级结构性隐患修复551处、新建排水管11857米、新建检查井637座、修复检查井633座。经过参建各方的共同努力，2020年8月28日，10所高校完成排水单元达标认定，9月10日排水单元抽检复查全部合格，大学城治水工作交出了一份亮丽答卷。曾经黑臭的合益围涌，现在是广州大学里师生散步的好去处。学生说，宿舍楼下的合益围涌干净多了，涌边还有很多花花草草，等他们毕业的时候，一定要叫上几个好友在涌边拍毕业照。

昔日"臭水河"，如今成了景观。广州番禺治水，4年交出成绩单：以丹山河为代表的50条黑臭河涌，终于和老百姓说了一声再见。人们激动得奔走相告，齐声庆贺！

荔湾、花都整治涉水违建

根据广州市第8号总河长令的要求，广州市荔湾区要于2020年底完成102宗江河湖库涉水疑似违法建设整治任务。另外，745宗合流渠箱涉水疑似违法建设整治也要结束。

秉持着"四必拆""五先拆"的原则，荔湾区做到"违建一律拆""应拆尽拆"，用最扎实的工作向治水"毒瘤""顽疾"宣战。

2020年底，荔湾区已全面完成广州市第8号总河长令中关于涉水疑似违法建设的整治任务。

其中，共拆除任务内涉水违建7.59万平方米，拆除率达50.79%。同时，额外拆除任务外涉水违建10万多平方米。

各级河长将工作层层向前推进，统筹好全区一盘棋，在完成本次任务过程中，主题明确，思路清晰，方法稳妥。他们严格按照市河长办下发的任务清单，结合区内治水实际，紧紧围绕"问题在水里、根子在岸上"的治水要诀，全面梳理出须纳入拆除的初步鉴别清单。由区级河长全力推动，多次组织召开专题会，对区河长办的报告做批示，并到现场指导涉水违建整治工作；街级河长、村居级河长、河段长积极响应，解决重难点问题，充分发挥基层治理力量，不断推进拆违工作。"下好"全区涉水违建整治"这一盘棋"，拧成一股绳，形成"大合唱"。

荔湾区在本次拆违工作的开展中，充分发挥了街级河长制联席会议机构的优势，由街道总河长召开专题会议，区河长办发挥统筹协调作用，区农水、城管执法、规划资源等部门协调配合，拆违工作逐步实现了拧成一股绳，形成"大合唱"，以强大的工作合力完成市第8号总河长令的拆违任务。

对于其中不属于违法建筑物的，荔湾区各街道认真收集证据材料备查，对影响防洪有产权的建筑物，耐心向当地居民做好解释工作。对于确属违法建筑物的，坚持"四必拆""五先拆"的原则，各街道积极做好宣传工作，形成强大的舆论攻势。

通过召开群众大会和上门正常宣讲相结合的办法，明确传达上级精神和整治要求，从而取得了广大群众的理解和支持，真正达到"拆除一处、教育一片、震慑一方"的效果，由此，荔湾区得以提前完成847宗涉水违建整治任务。

多次整治行动有可圈可点之处。例如，茶滘街，由总河长带动、街道牵头启动整栋大楼的切割"外科手术"，坚决把河涌6米范围的历史违建做手术式切割。街河长办、执法中队、安监中队、茶滘联社等单位联合执行，对坐落于茶滘涌东漖北路570号西侧商店开展处置工作。该次整治的目标建筑是一座4层砖土混合结构建筑，属于茶滘联社集体物业，建于1993年，建筑面积约1450平方米，拆除面积约900平方米。该商店留存时间久，拆除难度大，街道、联社干部为此多次主动上门，做通群众思想工作，确保了拆除工作的顺利推进。

在该次涉水违法建设拆除过程中，街道、联社干部多次主动上门，做通相关社员、承租商户的思想工作，确保了拆除的顺利推进，并推动该街道辖内其他涉水违建的有效解决。

刀刃向内，重拳出击。荔湾区对涉水建筑的清理整治，始终保持高压态势，在整治工作中坚持多方联动，以核准信息。对于相关任务的推进处置讲求方法，千方百计打赢涉水违法建设拆除工作攻坚战。最终，共拆除131宗8号令任务外10万多平方米涉水违建，确保啃下违建拆除这块"硬骨头"，为河湖提供休养生息的空间，不断提升城区面貌、增进民生福祉。

根据广州市第8号总河长令对花都区下达的要求，在2020年底前，花都区须基本完成涉水疑似违法建设整治任务。

为完成花都区涉水疑似违建整治任务，区总河长、副总河长先后3次召开区总河长会议专题研究部署，组织开展涉水违建统一清拆行动，对涉水违法建设切实做到"应拆尽拆",以提高实拆率。同时,区总河长、副总河长、相关河涌区级河长和区分管领导多次深入现场一线调研督导,切实推进解决涉水疑似违法建设整治工作中遇到的重难点问题。

为全面摸清涉水违法建筑的底数,落实应拆尽拆,消除污染源,使巡河通道全面贯通,花都区各相关职能部门积极联动、相互协作、相互支持指导,共同推进区内涉水疑似违法建设整治工作,使全区涉水违法建设整治工作形成了"主要领导统一指挥,各级各部门各司其职、齐抓共管、合力推进"的工作格局。

截至2020年底,花都区339宗28.27万平方米涉水疑似违法建设已全部整治并销号,总完成率(面积)及销号率(宗)取得了双100%的成绩。此次整治任务中,花都区共贯通巡河通道48817米、铺设截污纳管管道长度17281米、整治污染源排污口7个。

经广州市复核小组会同区河长办、区水务局及相关职能部门复核,花都区累计任务完成率达100%、销号复核通过率100%。

人算不如天算。

2020年,新冠病毒突然来袭,在全国人民奋勇抗击的同时,广州又碰上一次百年一遇的强降雨。洪水漫灌,水浸街十分严重,各处大堤告急!

广州市水务局不畏险阻,会同相关区政府,积极克服各种不利影响,千方百计稳投资、保增长,因时、因势利导,调整工作着力点和应对举措。

该局共组织252次农村水利建设工程现场检查,随即展开救援,并协调解决152宗工程问题。国家农村水系连通综合整治、小流域综合治理、防洪排涝补短板、中小河流治理等农村水利建设成效明显，目前有250宗已完工，89宗已完成开工建设。

这一年，广州市全市共整治水库80宗，加固堤防9宗、水闸31宗、泵站14宗，整治河道127.98公里。通过实施水库达标加固、堤防（岸）加固、河道"三清一护"、水利水闸及泵站建设等，进一步补齐防洪排涝短板。

其中，在增城区高埔河"三清一护"工程任务中，对3648米河道进行清淤，共抛石护岸1195米，疏深了河道过洪断面，增大河道过洪能力，降低洪水水面线，保护了沿岸群众生命财产安全；在从化区朝盖水（盖洞水段）治理工程中，扩大了行洪断面和提高河道整体过流能力，提高了河道两岸的防洪抗冲能力，对7650米河道两岸进行石笼护岸；在增城区小楼镇邓山河的治理工作中，共对3389米河道进行整治，结合两岸道路，打通交通堵点，沿河建设慢行道，提高了区域防洪减灾能力。

南沙河面河岸两手抓

在广州治理水污染的过程中，南沙区并没有做一个旁观者，别的区遇到的问题，南沙区基本上也有。特别是在21世纪初这些年，南沙不少河涌的治理和市里打造千里碧道的设想，也和其他区一样，根据自身实际，采取河面河岸两手抓的策略，努力把南沙水污染治理得有条有理，以实际行动，打造出广州滨海城市的一张新名片。

南沙和别的区相同,也是河涌遍布。而居民的习惯是沿河而居。因早期居民报建程序未完善,区内涉水违建存量较多。所以,拆除违建建筑,是南沙治水的重要环节。面对违建拆除的几块"硬骨头",南沙区以广州市总河长5号令、8号令为抓手,大力推进河涌拆违攻坚,并取得显著成效。

截至2020年12月31日,广州市第5号、第8号总河长令下达的任务清单内涉及南沙区疑似违建共4805宗,实际整治任务4793宗,已拆除4793宗,完成率100%。其中,拆除2361宗,拆除面积33.30万平方米;整治2432宗,整治面积达49.57万平方米,销号率100%。

南沙全区完成涉河违建拆除整治9299宗,面积127.13万平方米。其中,拆除4880宗,面积53.89万平方米;整治4419宗,面积73.23万平方米。

南沙区委、区政府从一开始便对拆违建治水工作予以高度重视。区主要领导同志多次主持召开专题会议和联席会议,部署拆违治水工作,下沉一线督导,协调解决工作中的疑难问题。他们先后制定并印发了《南沙区贯彻落实广州市总河长令(第5号)暨强化拆违治水攻坚总体方案》《南沙区贯彻落实广州市总河长(第8号)涉水违法建设拆除整治方案》。

以方案为抓手,部署落实第5号、第8号总河长令有关工作任务,持续有力推进涉水违法建设整治工作。他们把河长办作为牵头协调机构,组织区综合行政执法局、水务局、规自局、生态环境局、土地开发中心等与河长制相关的成员单位,严格按照职责分工持续高效推进拆违治水工作。加强各镇、街涉水违法建设拆除整治工作的落实,强化职能部门对镇、街拆违治水工作的指导，落实"镇街吹哨、部门报到"的工作机制，有效促进了工作的快速推进。

为了加快厘清任务清单，对全区302条河涌通过无人机拍摄影像、河道巡查视频结合的方式，绘制各镇、街所属河涌的巡河通道线。在水务APP上，通过地图展示的模式，到现场核实涉水违法建设的实际情况，聚焦河涌水质提升的治水本意，将违建拆除与工程整治相结合，参照《广州市南沙区河涌拆违治水攻坚工作指引》有关工作要求，由各镇、街摸排确定拆除清单及截污治污清单后，由各有关职能部门组织镇、街复核确定清单。

完成拆除清单和截污治污清单后，由各镇、街负责，以每条河涌为片区，编制拆除方案、巡河通道方案、截污治污方案、补偿安置方案，报区综合行政执法局、区水务局、开发区土地开发中心审核。镇、街根据整治方案和"作战图"，分类施策开展整治工作。

南沙区还建立了拆违治水日报、周报及月报机制，将有关工作进展、存在问题进行定期通报，并将各部门及镇、街的优秀经验进行通报宣传。他们首先是充分利用南沙"一支队伍管执法"的优势，通过执法职能归并，精简执法机构，减少了执法部门间推诿扯皮现象，提高执法效率，集中力量推进涉水违建拆除工作；其次是通过制作南沙治水台账，发动各级各类媒体开展宣传，各镇街组织派发各类宣传单张和海报等多元宣传手段，增强群众了解河涌整治的必要性，增强群众对治水工作的理解和信心。针对难点、重点工作，及时沟通、解析，积极化解矛盾，做好整治过程中的维稳管控工作。

为确保各项河长制工作扎实有效开展，解决拆违治水中的各种困难，推动拆违治水工作取得切实成效,《南沙区2020年市河长令重点专项工作督导督办机制实施方案》印发实施。区河长办以片区为单位相应成立了4个由区综合行政执法局、水务局分管领导为组长,各业务骨干为成员的督导督办组。各督导督办组每天下沉一线督导,对有关部门和镇、街有关工作推进不力或超期未完成等情况进行专项书面督办。

说来简单,但真正落实到位,并不容易。

自2020年6月18日以来,按照广州市第5号、第8号总河长令下达的文件要求,南沙街道结合自身实际情况,形成了一套专业的拆违办法,顺利"啃下"工业涌拆违整治的硬骨头,整治率达100%。

他们的具体做法是,专定四班,精准分工。第一是分析研判专班,负责数据摸查、作战图制作、台账统计、方案制订和拆违协调等工作,对辖区情况体察入微,使其跃然纸上。第二是执法办案专班,组织执法大队办案骨干与驻队律师一道成立实体化专班,负责对拆违硬骨头进行立案查处,由财政部重点突破。第三是攻坚动员专班,负责入户动员、政策宣讲,宣传工作深入浅出。第四是拆违治水专班,负责拆违行动组织实施,边拆违边复绿,实干精神,一目了然。

同时,他们针对问题采取"四招",招招见效。

依靠群众是第一招。强化人文关怀,暖化推进河涌整治,工作中多一分耐心、多一分细致,听社情民意,讲法律政策,送便利服务,用春风化雨的功夫解决群众不支持、不理解、不配合的问题,用真心实意的举动让他们看到现实利益和长远好处。组好队伍是第二招。利用"四个专班",强化配备整治队伍，集中优势资源，采取有力推进，确保综合提升专项行动有序、深入、彻底推进。勇于担当是他们的第三招。最大化保障群众利益，创造性地对已纳入旧村改造范围内且符合改革要求的沿河建筑物，采取先固定建筑物基础数据，再组织拆除的做法，确保屋主在不久的将来能够享受到旧改同样的合法权益。用好下面的第四招最为重要。果断集中执法力量，进行周密部署，以雷霆手段拆除群众投诉反映强烈、影响较大、违法事实清晰的涉水违法建筑，确保新增违建零增长、历史违建减存量。

在开展工业涌河涌沿岸棚户整治之初，居民普遍较为抗拒，街道相关职能部门、居委会工作人员多次来到住户家中，组织协调会议向棚户住户讲解相关的法律法规和上级政策，摸清他们的实际情况，了解他们的实际困难。通过多次上门宣传解释，工业涌涉及的棚屋住户对拆迁治水的态度有了明显转变。

根据他们的实际困难，区里多次召开专题会议讨论，以最大化保障群众合理合法诉求为原则，积极向上级部门寻求政策支持，确保达到"双赢"的效果。最终，在街道的帮助下，5户棚屋住户全部顺利搬进了临时安置住房，解决了长期困扰他们的居住问题。

更令人印象深刻的是，5户棚屋住户在同意将违建棚屋交予街道拆除后的第一时间，就积极配合清理屋内物品，并在当天全部搬离，确保了整治工作的顺利进行。

在南沙区治水和拆除违建工作中，黄阁镇是个历史难题。

南沙黄阁镇有个小虎岛，四面环海，拥有丰富的渔业、海洋资源。20世纪60年代，随着水上交通的不断发展，涌现了大批渔船和物料运输船，伴生着船只维修保养业务，在滩涂上陆续出现了5家修船厂。在船厂经营的过程中，没有按照相关规定作业，出现了侵占滩涂和破坏水生态环境的问题。

按照广州市第5号、第8号总河长令下达的文件要求，自2020年6月18日以来，黄阁镇通过"四人小组"工作机制、"挂图作战"的工作方式，结合自身辖区内的实际情况，实际分析，通过深度问题排查，并创新性寻找到一套适用自身的拆违截污办法，成功完成了5家修船厂及其附属建筑的彻底拆除和清运工作。

船厂历史久远，涉及多方复杂利益。近年来，外地走私冻肉制品船只猖獗，小虎修船厂地块多次发生走私船只靠岸被查处事件，导致属地镇治污工作、新冠疫情防控工作以及打击走私工作存在极大的隐患。涉违单位威胁、阻挠多，整治过程中不配合执法部门笔录等取证程序，致使整治进度严重滞后，对环境破坏越来越严重。另外，船厂以具备相关经营证件（相关证件不齐，并于多年前已过期无效）为由，不断阻挠执法队伍开展整治工作，煽动员工阻碍拆违工作，拆违难度大。为了应对这种情况，黄阁镇出台了自己的方案：

一是建立与区相关部门上下联动的攻坚机制，协调解决5家小虎修船厂的政策解读工作，并指出合法合规取缔船厂的行政依据，为取缔小虎修船厂提供行政保障。二是建立拆违治水"四人小组"工作机制，通过分管镇领导牵头，河长办、综合行政执法队、征收办、城乡建设和管理办公室具体负责的工作机制，制定小虎修船厂相关"作战图"，定期召开拆违治水"四人小组"联席调度会议,研究小虎修船厂问题具体工作对策,明确时间节点、部门和处置方式,确保按时按质拆除小虎修船厂。三是多管齐下形成强大合力。"四人小组"联合镇司法所、综治办、安全办、劳动中心共同开展小虎修船厂拆违治水工作,为5家小虎修船厂拆违工作提供法律保障,争取取得船厂工人的理解和支持。 四是"属地负责、部门配合、联合行动",针对5家小虎修船厂擅自在外江(小虎沥)河道管理范围存放物料、修建厂房和其他建筑设施等行为,镇河长办落实属地管辖原则,联合黄阁镇综合行政执法大队,通过部门配合、联合行动,在多次现场勘验、询问、调查、下发期限改正通知,但相关责任人仍怠于改正、无视通知的情况下,最终依据《中华人民共和国河道管理条例》等相关规定,依法对小虎沥无证修船厂予以取缔。五是提前部署、统筹安排现场拆除工作,分管镇领导、"四人小组"通过现场踩点,查看"作战图"的形式,部署拆除工作,制订拆除方案,落实各部门职责分工,使拆除5家小虎修船厂行动井然有序。

在取缔船厂过程中,落实"六稳""六保",收到了很好的社会效果。他们首先是做好政策解释,确保社会稳定。由司法所、综合办、河长办、小虎村委等多个单位成立政策解释小组,转变工作作风,面对工人的各种问题和责难,不厌其烦做好解释工作,争取到了船厂工人的理解、接受及支持。船厂拆除当天没有出现工人阻挠的现象,拆除后也没有出现工人因失业而上访等不稳定事件。同时,他们做好劳动服务,确保就业稳定。镇河长办与劳动和社保中心协调,现场记录他们的个人信息、学历、工作技能、工作经验等情况,及时通过电话、走访等形式,了解船厂工人的就业情况,为他们提供临时安置指引，提供职业介绍、优惠政策等服务。站在船厂工人的角度考虑，切实做好思想工作，坚决落实"六稳""六保"，克服取缔船厂后带来的不利影响，努力维护社会稳定。

在区水务局、区河长办的大力支持下，黄阁镇下一步通过"水域岸线整治项目"，投入500多万元，将对小虎沥修船厂拆后余下的约30000平方米土地进行滩涂防洪修复、环境提升等工程，确保巩固拆违治水成果，消除环境污染及外地船只走私隐患，打造平安、稳定、和谐的小虎沥水环境。

为了进一步提升城市生态环境建设，南沙区将继续加大拆违治水工作力度，以碧道建设为抓手，打造南沙区碧水畅流、江河安澜的安全行洪通道，水清岸绿、鱼翔浅底的自然生态走廊，打造高质量发展的生态活力滨水经济带，形成碧水清秀、水陆联动的"一环二核四带"的碧道规划结构，进一步提升全区的城市生态环境，绘就南沙最幸福的底色……

碧道在延伸

按照《国务院办公厅关于推进海绵城市建设的指导意见》要求，2020年广州市城市建成区20%以上的面积，须达到海绵城市建设目标要求。

2020年9月，广州市海绵城市建设领导小组办公室推出广州海绵城市IP形象"沐沐"，并发布其卡通形象。2020年12月，沐沐的实体形象在广州治水经验宣传采访上公开展示。广州市水务局相关负责人介绍，取名"沐沐"，意为化灾为用，化洪为沐，使城市沐浴于自然降雨之中享自然之泽；"沐沐"二字连读，唤之亲切友善，朗朗上口，又不失生动活泼。

沐沐整体选取了"小雨滴"作为基础，融入"海绵城市"蓝、绿、灰系统，蓝色象征水体，灰色代表建筑，绿色代表植物缓冲带，突出海绵城市特质元素，以简洁的线条勾勒出海绵IP拟人化、萌化的形象。

现广州市海绵城市项目清单共涵盖建筑小区、道路工程、公园绿地、水务工程等4大类，共计665个项目。在各类项目中，因地制宜，采取下沉式绿地、雨水花园等多种形式，充分发挥建筑、道路和绿地、水系等生态系统对雨水的吸纳、蓄渗和缓释作用，有效控制雨水径流，实现"自然积存、自然渗透、自然净化"目标。

在海绵城市建设中，以流域为单元核算"水账"，构建"上中下协调、蓝绿灰交融、大中小结合"的海绵体系。

例如，白云区石井净水厂设置初雨系统提升周边地表"水弹性"，以适应环境变化和雨水带来的自然灾害。初期雨水先经过预处理区域进行一级处理，再提升至高效沉淀池，经混凝、絮凝和沉淀强化处理后排至石井河。该初雨系统能够有效解决雨水洪涝问题，提高雨水利用率，节省水资源，减轻城市水危机。

再如，花都大陵净水厂已于2020年底建成，增加5万吨/日污水处理能力，大力推进合流渠箱雨污分流改造工作，真正做到"污水入厂、清水入河"。

大陵净水厂计划，并不是花都治水工作的全部。

"十三五"期间，花都水务局按照区委、区政府决策部署，全力推进水务建设工作，交出了一张完成海绵城市建设、建成区26.2平方千米、建立较为完善的城市排水防涝管理体系、通过县域节水型社会达标建设验收、强化生活污染源治理、完成整治黑臭小微水体使其达到"三无"标准等一系列骄人成果的成绩单。

2020年，在广州市"海绵办"的指导下，他们着力建立了较为完善的城市排涝防涝管理体系，建成了城市排水防涝信息化管控平台，制定了城市排水与暴雨内涝防范专项应急预案。经过努力，铁山河、铜鼓坑、田美河等河道综合整治工程已经完成。

另外，他们还完成了三项泵站建设任务：一是花都区兴华涌排涝站整治项目；二是新华街马溪电排站重建工作；三是建成新华街朱村电排站工程。

与此同时，花都区新建供水设施工程（管网工程）、配套供水管网，加强对老旧管网和供水管网安全性低的管网改造，累计新增供水管网长度约1150公里。

在保障供水水质安全方面，他们进行全过程水质监控，实行"班组+水厂+公司水质中心"检测制度，确保供水水质安全。

截至2020年上半年，花都区共完成307家城镇非居民用水单位计划用水全流程监管，已完成水平测试的企业44家，累计创建节水载体96个。其中包括节水型企业20家、节水型居民小区18家、公共机构节水型单位58家。

2020年7月8日，花都区节水型社会达标建设通过了省级技术评估与验收，成为全省通过县域节水型社会达标建设验收的12个区县之一。

花都区还围绕贯彻生态文明建设理念，全力推进污水处理工作，多措并举，成绩显著。

一是强化生活源污染治理，完成大陵净水厂建设；二是着力推动污泥干化减量焚烧工作，让新华、狮岭污水处理厂生反池污泥浓度保持稳定；三是完成排水管网结构性缺陷隐患点整治，到目前，城镇污水处理厂配套管网建成597.09公里；四是全力提升污水进水浓度，根据有关进水浓度考核要求，对全区6个污水系统进行逐一分析，并制订出"一厂一策"的方案。

在加强农村生活污水治理方面，他们有序实施农村污水治理查漏补缺，提升农村生活污水收集率。

为全面推进小微水体整治，花都区建立起长效管护机制，实现小微水体"三无"（污水无直排、水面无垃圾、水质无黑臭）目标。截至2020年6月底，花都区纳入市总河长8号令的黑臭小微水体，已全部完成整治，且均达到"三无"标准。

在海绵城市的建设中，碧道是一个重要的组成部分。

何为碧道？人们或许知道绿道，碧道并不是人们熟悉的绿道，二者有很大的不同。

碧道就是治理污臭的同时，在珠江和成百上千条的河涌，于沿江、涌的两岸，人工打造出一条美丽绿化带。

从江边到绿地，全线覆盖着6米宽的漫步道、3米宽的跑步道和骑行道，串联起琶洲西区、会展中心、广州塔、海心沙等重要节点的阅江路碧道，形成了"五道贯通、全人群滨水、海绵都市水岸、旧材新用、退堤还生活"五大特色，是广州市五处碧道示范段之一。

阅江路碧道，是目前广州功能最齐全的碧道。这条2020年夏天建成投入使用的碧道，集水道、漫步道、慢跑道、骑行道、有轨电车道等"五道"于一身，成为人们休闲赏水的首选，既方便市民游客赏水，也方便大家慢跑、漫步及骑行。

阅江路碧道以海绵都市水岸为设计理念，采取全新的排水设计，市民在整个示范段区域找不到一条传统排水沟。将全部雨水先收集于草沟、雨水花园后，再通过渗井、渗管净化渗透到地下，在不影响城市景观的前提下，为城市解决了暴雨积水的问题；同时，也能为绿化储存雨水，节约绿化用水。

碧道不仅覆盖市区珠江河道两段，还延伸至河涌近源头的位置。有的地方尽管不是碧道范围，也因有效的治水手段变身"赏水点"。

建设过程充分利用沿线原有资源和景观，用绿色草毯将会展中心、有轨电车与珠水"缝合"，营造生活、生产和生态一体化空间。

"我们把一些新的规划理念和更多的文化味道融入碧道建设，让广州碧道不仅只是沿江而建的道路。"广州市城市规划勘测设计研究院主创设计师如是说。

人们看到的是波光粼粼的湖面，在草地上蹦跳的小鸟，静静绽放的鲜花……一派城市花园的景象。原来所有的污水处理设施都深埋地下，平均深度达到17米，分为负一、负二两层。这面积颇大的"地下城"不仅能走人，开车转一圈也要5分钟。而且地下污水处理设施所产生的臭气都通过管道收集，集中处理后再通过"风塔"进行高空排放，最大限度减少恶臭对周边环境空气质量的影响。

在2020年汛期到来前，位于海珠区最东端的新洲社区居民，因珠江堤岸防护工程（黄埔涌口至海军码头段）的完工，收获了一处"站在堤顶可远眺长洲岛，走下堤边则有全民健身设施"的滨水岸线。多管齐下，让更多临河地带实现价值提升。广州新增的不少"赏水点"，本身就是临河地带，有的原本已有一些亲水设施。在多重治水措施作用下，这些以往仅有临水位置但难言"赏水"价值的地方，实现了"价值提升"。

到2020年底，广州市珠江堤防总长371.71公里，其中中心城区192.63公里、番禺区123.14公里、南沙区55.94公里。2018年底经过对全市珠江堤防的摸查评估，广州市仍有182.83公里的堤防未达到200年一遇规划堤顶高程。2019年2月开始陆续进场施工的珠江堤防达标提升项目，建设内容包括公共岸线122.64公里、企业岸线60.19公里。已于2020年8月全面完成。

广州市珠江堤防管理中心相关负责人介绍，在强台风"天鸽"和"山竹"的袭击下，广州部分地区出现"水浸街"现象。2020年汛期前建成的珠江堤岸防护工程，对抗击台风起到了巨大的作用，提升了全市区抗风和防洪能力。

这些成绩的取得，无疑是无数水务工作者用辛勤的双手创造的新篇章，更是广州市水务局对广大人民群众的承诺——打造幸福河湖永不止步！成绩的取得是广州切实推进各项水环境治理措施、不断奋进的结果——抓污染源头、补设施短板、保生态环境、强治水机制,纳入国家监管的147条黑臭水体全部消除黑臭。

广州市按照住房和城乡建设部、生态环境部等联合制定的《城市黑臭水体治理攻坚战实施方案》《城镇污水处理提质增效三年行动方案(2019—2021年)》工作的部署,系统推进城市黑臭水体治理——抓源头,强力整治污染源,实现源头减污减量;补短板,着力推进设施建设,提高污水收集处理效能;保生态,修复城市水生态环境,推动污涝协同治理;强机制,完善治水管水体制,构建"共建、共治、共享"新格局。项目建成后,多样化的滨水空间、配套完善的公共设施与导视系统、贯通的慢行道将会为沿岸的居民提供一个休闲锻炼、亲近自然的场所,也可以为骑行爱好者、观鸟观鱼爱好者提供一个走出城市、寻找野趣、呼吸清新自然空气的田园场所。

广州市水务局2020年12月24日公布:广州市水环境治理成效初显,已达到海绵城市建成的相关目标要求。

根据广东省关于推进万里碧道建设的重要部署,2019年以来,广州市先后印发了《广州市碧道建设总体规划(2019—2035年)》《广州市碧道建设实施方案(2020—2025年)》《广州市碧道建设技术指引(试行)》《广州市碧道建设评估办法(试行)》一系列文件,明确碧道建设的责任主体、主要任务、资金渠道,初步搭建"规—建—管"全流程的碧道实践模式,以"理想水生活"为理念,全力打造广州市"千里碧道"美丽长卷。

碧道环绕的城市新景观,是广州市各级领导和广大治水人下大力气治理污水的成果。

2020年底，广州已建成碧道513公里。

碧道网络不仅覆盖市区珠江河道两段，还延伸至河涌近源头的位置。未来，广州将以提升保持水质和提升涉水公共安全两项工作为抓手，持续将清澈的水打造成广州名片。

广州的碧道建设，一直遵循"安全"和"水质"两大原则推进，临水设施如果评估后发现存在涉水安全隐患，则相关水体不会选择建设碧道，或者要求建设管理方对影响公共安全的地方进行整改。

"如果建好之后水质下降，也是不行的。"

水务局领导表示：如果巡检后碧道范围出现水质不达标的水体，广州市水务部门会要求相关责任方进行整改，确保市民游客安全赏水、赏清澈的水。

2021年广州还将建设300公里以上碧道。

广东省委、省政府提出建设水碧岸美的"万里碧道"，与陆上"绿道"并行，成为人们享受美好生活的去处。

"万里碧道"是以水为主线，统筹山水林田湖草各种生态要素，兼顾生态、安全、文化、景观、经济等功能，通过系统思维共建共治，优化生态、生产、生活空间格局，打造"水清岸绿、鱼翔浅底、水草丰美、白鹭成群"的生态廊道，成为老百姓享受美好生活的好去处。

广州市政府将"推动落实省'万里碧道'工程"写入2019年政府工作报告，明确了碧道建设的责任主体、主要任务、资金渠道等，为广州未来5年碧道建设提供了具体依据,提出了建设1506公里碧道的目标。

流溪河碧道示范段,位于流溪河中游,既是上游段的生态缓冲区,又是下游水质保障的基础。碧道示范段现状上、下游自然生态风光、自然条件优越,但缺乏相应的休闲配套、停留设施,缺少观景赏景停留点;中游流溪河山庄大桥至街北大桥段右岸,现状有较为开敞的大面积滨水空间,但植被杂乱、配套缺失、无人管理;中游街口镇中心城区段,右岸滨水空间得到较好的开发利用,已建成文化公园、河岛公园等,但左岸整体滨水空间未开发利用,堤岸形式单一,缺乏休憩、休闲等配套设施,与城镇段应有的活力氛围无法匹配。这次碧道建设要逐步恢复流溪河生态环境,打造体验生态野趣、回味乡愁的"最家乡"碧道;将治污、治水与景观、历史人文相融合,让广大人民群众共享治污、治水成果,不断增强人民群众的获得感、幸福感;同时也充分发挥生态效应,带动沿线旅游经济和地区产业发展、升级,形成生态价值的转换。

流溪河碧道是广州碧道建设的市级示范项目,以从化区太平镇为起点、温泉人工坝为终点,新建43.4公里碧道,涵盖城镇型、乡村型、自然生态型3种碧道类型,形成全面示范。第一期工程实施4类14项工程。项目于2020年7月开工建设,估算总投资32488.13万元。

在修建碧道的同时,还进行了水安全提升、水环境整治、水生态保护与修复、景观与游憩系统构建等共14项内容。其中在街口镇核心区打造可供人停留休闲的滨水空间,建设沿线滨水缓坡径;打造流溪河山庄大桥至街北大桥右岸滨水景观带。

此外，沿线景色优美、视野开阔的区域还将新增10处观景廊作为休憩、遮阳、观景的节点；新增服务驿站1处、售卖亭4处、停车场10处，以及雕塑、健身设施等。流溪河碧道的建设不仅带来景观的改善，还促进了生态环境的改善、带动沿线旅游经济等。改善水环境方面，一期工程选取从化大桥与沿河北路交界处排口作为示范点，设置生物滞留设施、削减入河污染物、滩涂种植能够改善水质的水生植物等。景观和游憩提升方面，通过慢行道整合现状公园，串联周边景点、古村落、古祠堂文化遗址、美丽乡村等，形成具有规模效应的连片特色景观节点群。

很多人都知道车陂涌流经天河区车陂，但未必知道它的源头在渔沙坦附近的龙洞水库，那边还有车陂涌的支流欧阳支涌。在天源路与华南快速干线交界附近的广东树木公园，车陂涌上游主河道与欧阳支涌在公园范围内交汇，车陂涌碧道也在2020年延伸到这里。清澈的河涌水，伴随碧道工程重新整修的涌边步道及绿化带，改善了广东树木公园和广东省林业科学研究院等车陂涌上游众多场所的景观。

位于海珠区的庄头公园，依北降涌而建。从2020年7月起，北降涌拦污闸保持长期开启状态，提升了河涌水的流动性，随着河涌两旁绿化质量的提升，市民和游客可在庄头公园"赏水"。

对于广州大学大学城校区的学子来说，而今无须离开校园也可以"赏水"。流经该校的合益围涌，正以清澈的涌水和两岸绿植提升着该校环境。

位于广州南站附近的钟村碧道，是另一番模样。

几年前这一带全是荒山野岭，为进一步提升优化水环境，及建设一河两岸提升工程，钟村街通过种植美人蕉等水生植物、铺设岸边草坪等方式全面升级河岸绿化水平，通过修建改造河堤河岸、亲水平台、休闲设施，增设路灯等提升硬件设施。其中，在拆除胜石河旁农技中心自有物业原址上建造的口袋公园，以格言墙、勤劳蚂蚁雕像等元素展现钟村人民朴实勤劳的形象，成为"网红打卡点"；对胜石河旁建筑物进行统一整饰，以国家大事记为背景作涂鸦绘画；升级改造旧诜敦河上的镇标公园，修复平整河旁烂地，设置"钟村印象"钟楼摆件，搭配灯光，架设人行小桥，让公园与旧诜敦河完美融合，全方位提升一河两岸综合景观。钟村街还将以高规格、高标准升级改造诜敦河、胜石河两岸碧道，因地制宜融入钟村特色文化、建设元素，贯通慢行道，串联和提升亲水平台、口袋公园，增设观景台和跨河桥，整体提升河涌生态景观，打造碧道标杆。

后　记

迟日江山丽，春风花草香。花城广州，百花争艳，生机勃发。白云蓝天下，碧水青山旁，人们置身于如诗美景中，一幅幅生态文明的画卷徐徐展开。

习近平指出，"生态文明建设做好了，对中国特色社会主义是加分项"。发展为了人民，而良好的生态环境，是最普惠的民生福祉。

"十三五"期间，广州市认真落实省委、省政府的工作部署，始终把生态文明建设和污染防治工作摆在突出位置。市领导高位推动，督促落实。市直各相关部门、各区齐心协力，共同奋斗，坚决打好打赢污染防治攻坚战。

这五年，广州市生态环境质量显著改善，9个生态环境约束性指标全部完成。

2020年，空气质量全面达标，优良天数比例超90%，创新高，$PM_{2.5}$平均浓度连续4年稳定达标，较2015年下降16微克/立方米，空气质量在国家中心城市中最优。

全市13个国考、省考断面水质全部达标，地表水水质优良断面比例较2015年提升30.7个百分点，达到76.9%，劣Ⅴ类水体断面清零。其中，习近平总书记关注的重点攻坚国考鸦岗断面水质持续稳定改善，较2018年提升两个水质类别，稳定达到Ⅳ类水质考核要求，不计溶解氧指标已稳定达到Ⅲ类水质。147条黑臭水体全部消除黑臭。

土壤污染保护和修复持续加强，化肥农药使用减量增效。生活垃圾分类实现城乡全覆盖。建成5座资源热力电厂等一批垃圾处理设施，城镇生活垃圾无害化处理率达100%。

化学需氧量、二氧化硫、氮氧化物总量减排提前1年完成"十三五"减排目标。2019年单位地区生产总值二氧化碳排放量较2015年下降25.4%，提前超额完成"十三五"下降23%的目标任务。

这五年，广州市生态环境工作不断创新，生态文明改革取得明显成效。印发全国首个以市委、市政府名义印发的环境监督工作党内规范性文件，构建源头严防、过程严管、风险严控、后果严惩的管理体系。作为国家第一批试点城市之一，印发实施《广州市城市环境总体规划》，率先划定生态保护红线。上线全国首个城市碳普惠平台，碳排放配额累计成交量稳居全国首位。建立全省首支专职环保员队伍，配备队员2747名，基层力量得到充实。普查污染源6.9万个，录入数据737.6万条，以全省第一的成绩通过省验收，高标准完成第二次全国污染源普查。

2021年，如期而至。

但2021年，注定是不平凡的一年。

2021年，生态环境保护和污染防治工作已经来到了新的历史起点。广州将坚决贯彻落实"十四五"新部署新任务新要求，突出精准治污、科学治污、依法治污，加快形成绿色低碳生产生活方式，落实碳达峰、碳中和战略部署，构建现代化环境治理体系，推动广州加快实现老城市新活力。

此时此刻，我又想到了百年前的广州和百年来的珠江水。

是的，当年"十里红云、八桥画舫、游人萃集""六脉皆通海，青山半入城"的绝色美景，仍然会让我心驰神往，但我已经不再羡慕。因为，我身边是2021年的广州……

白云山梦已圆！

珠江水情更深！